남겨진 자의 증언

남겨진 자의 증언

김중규 장편소설

다산글방

작가의 말 ──────────────────────────

어쩌면 이 책의 시작은 내면 깊은 곳에서 터져 나온 걷잡을 수 없는 서두름 때문이었는지 모른다. 이 이야기를 지금 기록하지 않으면 영원히 기회를 놓칠 것 같은 맹렬한 조급함이 가슴을 짓눌렀다. 마치 그 존재 자체가 사라질 운명에 놓인 무언가에 쫓기듯, 불안하고 강렬한 추동력에 이끌려 서둘러 이야기를 완성했고, 이제 이 결과물을 세상에 내놓는다.

이 책의 페이지를 넘기게 될 당신이 누구인지 혹은 어떤 마음으로 이 글을 펼쳐 볼지 모른다. 단지 이 활자와 독자 사이에 맺어질 운명적인 만남에 대한 기대만이 있을 뿐이다.

오직 바라건대, 숨 가쁘게 흘러가는 세상의 소음 속에서 이 책이 당신에게 잠시 숨을 고르는 쉼표가 되어 주기를 소망한다. 매일 쉴 틈 없이 달려온 당신의 삶에 작은 브레이크를 밟는 순간을 선물하여, 당신 자신을 깊이 들여다보는 성찰의 시간을 마련해 드릴 수 있다면 그것으로 이 글의 사명은 충분하다.

당신의 가장 조용한 마음에 이 이야기가 머물기를 바란다.

차례

차례

프롤로그

강영수 교수는 평생을 숫자의 아름다움과 이성의 완벽함에 헌신했다. 그에게 세계는 언제나 수요, 공급 곡선과 효용 극대화라는 두 축으로 완벽하게 설명되는 잘 짜인 수식의 세계였다. 그는 40주년 경제학과 기념 강연을 위해 새하얀 대리석과 크롬으로 빛나는 최첨단 강단에 섰다. 500명의 청중과 수십 대의 카메라 렌즈가 그를 향해 빛나고 있었다.

"세계는 지금 완전한 안정을 향해 나아가고 있습니다. 새로운 통합 생체 인식 시스템은 화폐의 유동성을 극대화하고, 불필요한 마찰 비용을 0으로 만들 것입니다. 이는 인류 역사상 가장 효율적이고, 가장 안전하며, 가장 이성적인 경제 시스템입니다."

청중은 박수갈채를 보냈다. 그러나 그의 강연 5분 전, 영수는 휴대폰에 뜬 단 하나의 데이터 이상치를 보고 등골이 서늘해지는 것을 느꼈다. 세계 금융 시장의 가장 깊은 심연에서 어떤 논리로도 설명할 수 없는 대규모의 자산 증발이 감지되었다. 수십억 달러 아니, 수조 달러에 달하는 물리적인 자산과 무관한 '무형의 가치'들이 마치 빛처럼 혹은 연기처럼 증발해 버린 것이다.

영수는 그것이 일시적인 시스템 오류라고 자신을 다독였지만, 그의 이성적인 머릿속에 차갑고 불길한 메아리가 울렸다.

'내가 아는 세계가 끝났다.'

그날 저녁, 집으로 돌아온 그는 아내 소영이 식탁 위에 남긴 성경 구절이 적힌 낡은 메모와 아이들이 가지고 놀던 장난감 인형만이 덩그러니 남겨진 텅 빈 집을 발견했다. 밖에서는 이미 GUA의 경고 사이렌 소리가 세상의 종말을 알리듯 울려 퍼지기 시작했다. 그의 완벽했던 수식은 이제 피와 눈물로 얼룩진 '비합리적인 진실' 앞에서 산산조각 났다.

1장

이성(理性)의 탑

성공의 궤도

사람이 증발할 수도 있을까?

어머니 이선화 여사의 그 말은 강영수가 어린 시절 들은 수많은 동화 중 하나에 불과했다. 중력의 법칙을 배우고, 합리성의 틀을 익혀 가던 소년은 그 말을 곧이듣지 않았다. 어머니의 목소리는 따뜻했지만, 그 내용은 너무나 비현실적이었다. 그는 그 '들림'에 대한 기억을 어머니의 다정한 이야기로 치워 두었다. 세월이 흘러 서른여덟의 나이에 경제학과 정교수가 된 강영수에게 그 말은 이제 완전한 추억 속 이야기였다.

그러나 그 추억은 수백만의 사람들이 순간적으로 사라진 그날, 세계를 뒤흔든 설명 불가능한 현실과 정확히 일치했다. 통합정부연합(GUA)은 단호하게 공식 입장을 발표했다. 그들은 UFO에 의해 납치되었으며, 사라진 이들은 정신적으로 취약한 집단이었다고. 과학이라는 이름과 대중 매체라는 강력한 도구를 앞세운 그들의 설명은 빠르게 뿌리를 내렸다.

　경제학과 교수 임명장이 금색 프레임에 담겨 강영수 연구실 벽면을 장식한 지 어언 3년이 흘렀다. 그 세월은 단순한 시간의 흐름이 아니라, 그가 평생 믿어온 이성적 노력과 합리적 판단이 가져온 확고한 성공의 증명서 같았다. 젊은 나이에 국내 최고 명문대 정교수 자리에 오른 것은 그가 추구해 온 '질서와 예측 가능성'이라는 가치가 현실에서 구현되었음을 의미했다. 그의 삶은 스스로 설계한 완벽한 거시경제 모델과 같았다.

　연구실은 청결함 그 자체였다. 이른 오후 햇살이 책상 위 유리판을 닦아낸 듯 반짝였다. '유동성과 금리가 부동산 가격 변동에 미치는 영향 분석' 논문 초고가 가지런히 놓여 있었고, 그 사이로 아내 김소영이 선물한 샌달우드 향 디퓨저가 은은한 향을 내뿜고 있었다.

　영수는 펜을 내려놓고 만족스럽게 중얼거렸다.

　"모든 것이 계획대로 흘러간다. 금리 변동성 분석 모델도 완성되었고, 다음 주 학회 발표 자료도 준비가 끝났어."

　그는 자리에서 일어나 창가로 걸어갔다. 통유리창 너머로 펼쳐진 캠퍼스는 붉고 노란 단풍으로 물들어 있었고, 학생들은 정해진 시간표에 따라 다음 강의실로 이동하고 있었다.

"완벽한 균형이야."

그는 흐뭇하게 웃으며 창밖을 바라보았다.

"모든 것이 예측할 수 있고, 모든 것이 합리적으로 움직여."

그의 연구실에 조교가 문을 두드리며 들어왔다.

"교수님, 다음 주 금융정책 학회 발표 자료 인쇄본을 가져왔습니다. 검토를 부탁드립니다."

영수는 만족스럽게 고개를 끄덕이며 말했다.

"고맙습니다. 모든 일정이 계획대로 진행되고 있네요. 다음 달 연구과제 보고서 마감일도 확인 부탁합니다."

"네, 교수님. 이미 캘린더에 표시해 두었습니다."

영수는 연구실을 둘러보며 뿌듯함을 느꼈다. 이 모든 질서와 안정감은 그의 이성과 노력으로 얻은 성과였다. 그의 성공 궤도는 완벽하게 계산된 행성의 궤도와 같았다.

그러나 이 모든 성취는 그 혼자의 힘만으로는 불가능했다. 그의 성공 궤도 뒤에는 두 개의 거대한 지성적 기둥이 자리하고 있었다. 아버지 강영철 교수와 장인 김길부 교수였다.

지난주 일요일, 가족들과의 정기적인 저녁 식사 자리에서 아버지 강영철 교수는 영수를 바라보며 말했다.

"영수야, 네가 경제학을 공부하는 이유는 세상의 자원을 효율적으로 배분하고 비합리적 요소를 없애 시스템을 최적화하기 위해서야."

아버지는 포크를 내려놓고 진지한 표정으로 말을 이었다.

"그런데 종교는 근본적으로 비합리성에 기대고 있어. 보이지 않는 것을 믿음이라고 포장하며 인간의 지성을 마비시킨다."

영수가 조용히 고개를 끄덕이자, 아버지는 계속했다.

"나는 30년 넘게 물리학을 가르치고 유전자를 관찰해 왔다. 진화는 부정할 수 없는 과학적 사실이야. 필요 없는 기관은 쇠퇴하는 법이지."

"아버지, 저도 그렇게 생각합니다. 모든 것은 인과관계와 과학적 법칙으로 설명할 수 있어야 합니다."

"맞는 말이다. 인간의 뇌도 마찬가지야. 신앙이나 영적 현상이라는 것은 단지 진화 과정에서 생겨난 부산물에 불과해. 필요하지 않으면 사라질 뿐이야."

강영철 교수에게 우주의 탄생은 빅뱅이라는 물리 법칙의 필연적 결과였고, 인간은 영혼 같은 것이 없는 정교하게 진화한 유기체일 뿐이었다.

영수는 커피를 한 모금 마시며 말했다.

"제 연구도 같은 철학에서 출발합니다. 시장의 비합리성을 제거하고, 효율적인 자원 배분 시스템을 구축하는 것이죠."

"잘하고 있다. 영수야, 너의 성공이 이를 증명하고 있지 않니."

영수는 어린 시절부터 이런 이성적 태도를 학교에서 배웠다. 생물학과 진화론, 통계적 확률론은 그에게 세계를 설명하는 가장 정확한 방정식이었다. 세상은 감정이나 기적이 아닌, 거대한 인과율에 따라 움직이는 정교한 기계였다.

다음 날, 영수는 장인 김길부 교수를 연구실로 초대했다. 경제학 박사인 김길부 교수는 영수의 학문적 멘토이자 삶의 방향을 결정지은 실용주의자였다.

김길부 교수는 영수의 연구실에 들어서자마자 진지한 표정으로 말했다.

"영수, 자네가 거시경제를 아무리 잘 분석해도 자유 시장 자체가 붕괴할 위험을 간과해서는 안 돼."

영수가 의자를 권하자, 장인은 자리에 앉으며 계속했다.

"지금 개인의 자유가 축소되고 국가와 거대 자본의 통제 아래 모든 것이 놓이고 있어. 사회주의화가 빠르게 진행되고 있다는 증거야.”

“그러게요. 최근 디지털 통화 발행 논의도 그런 맥락에서 이해할 수 있겠네요.”

김길부 교수는 얼굴을 굳히며 말했다.

“내가 최근에 겪은 일을 이야기해 주지. 보이스피싱을 당할 뻔했어. OTP로 은행 거래를 하다가 간신히 위기를 넘겼지만, 더 큰 문제는 시스템 의존성이야.”

영수가 진지하게 경청하자 장인은 목소리를 낮추었다.

“휴대폰 없이는 출퇴근 인증도, 금융 거래도, 신분 확인도 못 하는 세상이 됐어. 정부와 금융 기관이 우리의 모든 활동을 통제할 수 있다는 뜻이야. 그런데, 이 시스템이 멈추거나 통제가 강화된다면 어떻게 될 것 같나?”

영수가 생각에 잠기자, 장인은 깊은 한숨을 내쉬었다.

“나는 성경에 대해 잘 모르지만, 복음을 전하는 사람들의 이야기가 틀렸다고 생각하지는 않아.”

“무슨 뜻인가요?”

“세상이 돌아가는 것을 보면 그들의 이야기처럼 조만간 손이나 이마에 칩을 심는 날이 올 것으로 생각해. 편리함과 안전을 명목으로 말이지.”

김길부 교수는 자리에서 일어나 창밖을 바라보았다.

"나는 지금이 종말이라고 생각해. 세상이 너무 타락되었어. 그들이 이야기하는 롯의 시대와 같은 것 같아. 성적 타락, 동성애, 통제…."

그는 영수를 돌아보며 강조했다.

"영수, 경제학자로서 이 거대한 통제 시스템의 등장을 주시해야 해. 이것은 단순한 기술 발전이 아니라, 인류의 자유를 위협하는 거대한 실험이지."

며칠 후, 영수는 캠퍼스를 거닐며 장인의 경고를 되새겼다. 가을 햇살 아래에서도 그의 마음은 편치 않았다.

그의 제자이자 조교인 민지가 다가와 인사했다.

"교수님, 다음 주 수업에서 다룰 금융 통제에 관한 추가 자료를 찾았는데 한번 봐주시겠어요?"

"아, 그래. 마침 좋은 타이밍이네. 함께 캠퍼스를 걷지 않겠니?"

두 사람은 단풍 길을 따라 걸으면서 금융 통제에 관한 이야기를 시작했다.

민지가 조심스럽게 물었다.

"교수님, 최근에 읽은 논문에서 디지털 통화가 개인의 금융 자유를 제한할 수 있다는 내용이 있었는데, 어떻게 생각하세요?"

"음, 좋은 질문이군. 기술의 발전은 편리함을 주지만, 동시에 통제의 도구가 될 수도 있지."

영수는 문득 장인의 경고가 생각나 말을 이었다.

"우리가 추구하는 경제적 효율성과 합리성에도 한계가 있을 수 있다는 생각이 들어."

"교수님다운 말씀이 아닌데요? 항상 합리성과 효율성을 강조하시잖아요."

"맞아. 하지만 최근 들어 생각이 조금 바뀌고 있어. 음~ 학교에서는 모든 것을 과학과 이성으로 설명 가능하다고 가르치고 있지만, 세상에는 여선히 설녕뇌지 않는 것늘이 있지 않나."

민지가 놀란 표정으로 영수를 바라보았다.

"교수님, 무슨 일 있으세요?"

"아니, 그냥…. 우리가 너무 합리성에만 매몰되면 인간의 본질을 놓칠 수 있다는 생각이 들어."

그들은 벤치에 앉아 대화를 이어갔다. 영수는 평소와는 다른 깊은 고민에 잠겨 있었다.

다음 주, 영수는 학회 발표를 마치고 호텔로 돌아오는 길이었다.

발표는 대성공이었지만, 그의 마음은 공허했다.

같은 학회에 참석한 동료 교수와 엘리베이터를 타면서 그가 물었다.

"강 교수, 오늘 발표 정말 훌륭했어요. 그런데 좀 피곤해 보이시네요."

"아, 괜찮아요. 최근에 개인적으로 생각할 거리가 많아져서요."

엘리베이터가 로비에 도착하자 동료 교수는 작별 인사를 했다.

"그럼, 내일 뵙겠습니다. 푹 쉬세요."

영수는 방으로 돌아와 창밖을 바라보았다. 도시의 불빛들이 반짝이고 있었지만, 그의 마음은 어두웠다.

아내에게 전화를 걸었다.

"소영아, 나 오늘 발표 잘 마쳤어."

"수고했어요. 여보, 그런데 목소리가 좀 힘없어 보이네. 무슨 일 있어?"

"아니, 그냥…. 최근에 아버지와 장인어른의 이야기를 되새기면서 내 인생관에 대해 생각이 많아져서."

"그래? 천지가 개벽할 일이네. 당신은 항상 자신의 길이 옳다고 믿는 사람이었잖아."

"알아. 그런데 최근 들어 내가 믿어왔던 합리성과 질서가 모든 것을 설명해 주지 못한다는 느낌이 들어."

영수는 전화 통화를 마친 후, 책상에 앉아 자신의 연구 노트를 펼쳤다. 그러나 평소처럼 집중이 되지 않았다.

그는 일기장을 꺼내 다음과 같이 적었다.

오늘 나는 평생 믿어왔던 합리성의 한계를 마주하고 있다. 아버지의 과학적 세계관과 장인의 실용주의가 만들어낸 나의 성공 궤도에 균열이 생기기 시작했다. 이것은 단순한 마음이 아니라, 더 깊은 진리를 찾아가는 여정의 시작일지도 모르겠다.

다음 날 아침, 영수는 학회장으로 가는 길에 한 서점에 들렀다. 그는 평소에는 관심을 두지 않았던 철학과 종교 서적 판매대를 유심히 바라보았다.

서점 주인이 다가와 물었다.

"찾으시는 책이 있으신가요?"

"아니요, 그냥…. 구경만요. 사실 제 분야가 아닌 책들을 좀 보고 싶어서요."

"그렇군요. 혹시 특별히 관심 있는 주제가 있으신가요?"

영수는 잠시 망설이다가 대답했다.

"삶의 의미나…. 인간의 본성에 관한 책이 있을까요?"

"이쪽으로 오세요. 최근에 좋은 책들이 몇 권 들어왔어요."

서점 주인이 몇 권의 책을 추천해 주었다. 영수는 그중에서 '현대 문명과 정신의 위기'라는 책을 집어 들었다.

학회장으로 걸어가는 동안, 그는 평소와는 다른 생각에 잠겼다. 도시의 거리는 여전히 질서 정연하게 움직이고 있었지만, 이제 그 질서는 그에게 불완전해 보였다.

학회에서 만난 한 외국 학자가 그에게 물었다.

"강 교수님, 어제 발표 정말 훌륭했어요. 하지만 경제 통제의 윤리적 한계에 대한 교수님의 개인적인 견해가 궁금합니다."

영수는 잠시 생각하더니 대답했다.

"솔직히 말씀드리면, 그 문제에 대한 제 입장을 다시 생각해 보고 있어요. 경제적 효율성만이 우리의 유일한 목표가 되어서는 안 되죠. 인간의 존엄성과 자유도 마찬가지로 중요합니다."

"흥미롭네요. 교수님의 기존 논문들을 고려하면 예상과는 꽤 다른 말씀을 하시는군요."

"그렇죠. 하지만 때로는 더 깊은 진리를 찾기 위해 우리 자신의 근간을 의심해 봐야 할 때도 있습니다."

학회가 끝난 후, 영수는 공항으로 가는 택시 안에서 장인에게 전화를 걸었다.

"장인어른, 저 영수입니다. 지난번에 해주신 이야기 많이 생각해 봤습니다."

"그래? 어떤 결론을 내렸나?"

"아직 결론은 없습니다. 하지만 한 가지 깨달은 것은 제가 믿어왔던 합리성만으로는 이 세상을 완전히 이해할 수 없다는 것이죠."

장인은 따뜻한 웃음을 보내며 말했다.

"영수, 그 자체가 중요한 깨달음이야. 진정한 지성은 자신의 한계를 인정하는 것이 중요하니까."

비행기 창밖으로 보이는 구름을 바라보며 영수는 생각했다. 그의 성공 궤도는 여전히 견고했지만, 이제 그는 그 궤도 너머에 있는 더 넓은 우주를 마주하고 있었다. 그리고 이것은 새로운 여정의 시작이었다.

믿음의 균열

영수가 미국 유학을 떠나기 일주일 전, 어머니 이선화 여사는 그를 교회로 불렀다. 해 질 녘의 교회 의자에 둘만이 앉아 있었다.

"영수야, 이리 앉아라."

어머니는 부드럽지만, 단호한 목소리로 그를 성경 앞에 앉혔다. 영수는 시계를 슬쩍 보며 조급해했다.

"어머니, 저 내일 중요한 세미나가 있어서 자료 준비를…."

"잠시만 시간 내주라, 아들."

어머니는 그의 두 손을 따뜻하게 감싸 쥐고 기도하기 시작했다.

"하늘에 계신 아버지, 이 아이의 유학길에 어려움이 많이 있을 것입니다. 주님의 은혜로 인도해 주시기를 바랍니다. 그의 지혜와 학문이 주님을 경외함에서 비롯되게 하시고…."

영수는 어머니의 간절한 기도 소리를 들으며 마음이 복잡했다. 20분이 넘는 긴 기도가 끝나자, 어머니는 진지한 눈빛으로 물었다.

"영수야, 너는 지금 무엇을 위해 공부하는 것이냐?"

"당연히 진리를 추구하기 위해서입니다, 어머니."

"그 진리가 너를 자유롭게 하더냐?"

어머니는 깊은 한숨을 쉬었다.

"네가 추구하는 세상의 진리와 하늘의 진리는 다르다. 말씀이 주는 진리는 진정으로 너의 마음을 쉬게 한단다."

영수가 중학교 2학년이었을 때의 일이다. 과학 시간에 배운 빅뱅론과 진화론을 들은 그는 집에 와서 어머니에게 도전장을 내밀었다.

"어머니, 원숭이가 오랜 세월을 지나면서 인간으로 진화했다고 선생님이 가르쳐주셨어요. 그런데 왜 교회에서는 하나님이 인간을 만들고 세상을 창조했다고 하나요?"

어머니는 설거지하던 손을 멈추고 진지하게 그의 말을 들어주었다.

"영수야, 그럼 엄마가 질문 하나 하마. 수많은 비행기 부품을 넓은 운동장에 펼쳐 두고 오랜 시간이 지나면 저절로 비행기가 될 수 있겠니?"

"당연히 안 되지요! 비행기는 엔지니어가 설계하고, 기술자들이 조립해야…."

"바로 그거야."

어머니는 미소 지으며 대답했다.

"하늘을 나는 비행기도 설계자가 필요한데, 하물며 이 복잡한 인간과 우주가 우연히 생겼다고 생각하니?"

영수는 고집스럽게 반박했다.

"어머니 그건 비유가 잘못된 것에요, 진화에는 수억 년이라는 긴 시간이…."

"시간이 아무리 많이 지나도 무질서에서 질서가 생기지 않는다는 것을 네가 배운 과학이 오히려 증명하고 있지 않니? 나는 강변에 자라는 풀 한 포기도 흘러가는 구름 한 점도 그냥 있다고 생각하지 않아. 하나님이 만드셨기 때문에 있는 것이지…."

다음 날 아침, 식탁에 앉아 아침 식사를 앞두고 어머니는 성경을 펼쳤다.

"영수야, 오늘 이 말씀을 함께 나누자."

어머니는 로마서 3장 23~24절을 낭독하기 시작했다.

"모든 사람이 죄를 범하였으매 하나님의 영광에 이르지 못하더니 그리스도 예수 안에 있는 구속으로 말미암아 하나님의 은혜로 값없이 의롭다 하심을 얻은 자 되었느니라."

어머니는 설명을 이어갔다.

"우리가 지은 모든 죄를 예수님이 십자가에서 다 사하셨다. 우리는 은혜로 구원을 받는 것이지, 네가 생각하는 것처럼 지식이나 노력으로 구원받을 수 없다."

"어머니, 그건 논리적으로 설명이 안 돼요. 공짜 점수 같은 건 학교에도 없는데, 어떻게 죗값을 안 치르고 구원받을 수 있다는 거죠?"

"세상의 원리와 하나님의 원리는 다르다, 아들아. 네 공부처럼 노력으로 얻는 것이 아니라, 오직 믿음으로 받는 선물이란다."

최근 들어 어머니의 기도는 더욱 간절해지고 횟수가 잦아졌다. 어느 금요일 저녁, 영수가 일찍 집에 돌아왔을 때의 일이다.

"영수야, 오늘은 꼭 이 말씀을 전해 주고 싶구나."

어머니는 데살로니가전서와 고린도전서의 구절을 조용히 읊조리며 시작했다.

"영수야, 성경에 보면 그리스도인이 휴거가 된다고 나와."

"휴거? 그게 무슨 말이에요, 어머니?"

"휴거는 예수님의 보혈로 깨끗함을 입은 자들이 예수님이 공중

강림 때, 이 땅에서 들림을 받는 것을 말한단다. 그리고 휴거는 도적같이 이른다고 말씀하셨다. 마치 도둑이 미리 알리지 않고, 아무도 모르는 사이에 들어와 소중한 것만을 조용히 가져가듯, 휴거 또한 예고 없이 임한단다. 오직 예수 그리스도의 보혈로 구원받은 영혼만이 그날, 그 순간에 들림을 받게 되는 것이야."

영수는 싱글벙글 웃으며 말했다.

"어머니, 그런 것은 비과학적인…."

"과학으로 다 설명할 수 없는 것이 이 세상에 많다!"

어머니의 목소리에 평소와는 다른 강렬함이 담겨 있었다.

"도적이 순식간에 보물을 훔쳐 가듯, 휴거도 눈 깜짝할 사이에 일어날 거야. 나는 네가 하나님의 은혜로 구원받기를 늘 기도한다."

어머니의 믿음은 여전히 영수의 마음속에 깊은 균열을 만들고 있었다.

연구실에서 밤늦게까지 일하던 어느 날, 영수는 문득 어머니의 질문이 떠올랐다.

"네 인생에서 가장 중요한 것이 무엇이냐?"

그는 컴퓨터 모니터에 비친 자기 모습을 바라보며 중얼거렸다.

"나는 성공했다. 정교수 자리, 인정받는 연구, 안정된 가정… 모두가 부러워하는 인생을 살고 있어."

그러나 어머니의 질문은 그의 마음속에서 여전히 메아리치고 있었다.

'이 모든 것이 무너진다면? 만약 정말로 천국이 있고, 내가 그것을 놓치고 있다면?'

그는 고개를 저으며 자신을 다잡았다.

'아니, 난 과학자야. 증명할 수 없는 것에 휘둘려서는 안 돼.'

다음날, 영수는 캠퍼스 주변 도로를 거닐다가 우연히 작은 교회 앞을 지나게 되었다. 문이 열려 있어서 안을 들여다보니, 한 노인이 조용히 기도하고 있었다.

'어머니도 매일 저렇게 기도하시겠지.'

그 순간, 어머니의 목소리가 생생하게 떠올랐다.

"은혜로 구원을 받는 것이지 행위로 구원받을 수 없다."

영수는 빠른 걸음으로 그곳을 떠났다. 연구실로 돌아온 그는 데이터 분석에 몰두하려 했지만, 어머니의 말씀이 자꾸만 그의 집중을 방해했다.

'논리적으로 생각해 보자. 어머니의 믿음은 단지 정서적 안정을

위한 심리적 동기일 뿐이야.'

그는 일기장을 꺼내 다음과 같이 적었다.

오늘 또 어머니의 믿음 앞에서 흔들렸다. 하지만 나는 과학적 방법
론을 신봉하는 경제학자다. 모든 것은 데이터와 증명으로 설명되어
야 한다. 믿음이라는 것은… 설명되지 않는 현상을 위한 변명에 불
과하다.

그러나 이번에는 불안이 쉽게 가시지 않았다. 그는 창밖을 바라
보며 오랫동안 생각에 잠겨 있었다. 어머니의 간절한 기도와 믿음
이, 그의 합리주의라는 견고한 성벽에 만들어낸 균열은 점점 깊어
져만 가고 있었다.

폭풍 전야

서재에 앉아 강영수는 마지막 논문 교정을 마치고 만족스럽게 미소 지었다. 문득 방문이 살짝 열리며 아내 소영의 얼굴이 보였다.

"영수 씨, 시간 됐어요. 시아버지와 아버님 모두 기다리실 텐데."

영수는 시계를 확인하며 자리에서 일어났다.

"벌써 이렇게 시간이 됐나? 나는 아직 통화 정책 분석 자료를 좀 더 봐야 할 것 같은데…."

소영이 조용히 다가와 그의 책상 위를 정리하며 말했다.

"내일도 충분히 볼 수 있어요. 오늘은 두 분 다 특별히 우리를 기다리시는데, 늦으면 안 되잖아요."

영수는 아내의 차분한 목소리에 마음이 안정되는 것을 느꼈다. 소영은 항상 이렇게 그의 삶의 균형을 찾아주었다.

차를 타고 가면서 영수는 문득 그들의 첫 만남이 떠올랐다.

"기억나요, 당신? 우리 처음 만났을 때가."

소영이 부드럽게 웃으며 답했다.

"그럼요. 아버지 연구실에서 만났잖아요. 당신은 경제학 통계 자료를 들고 와서 설명하고, 저는 구석에서 시집을 읽고 있었는데…."

"당신이 그때 읽던 시, 제목은 아직도 기억나. '흔들리며 피는 꽃'이었지?"

영수가 운전대를 잡은 채 말을 이었다.

"나는 그때부터 당신의 조용한 평온함에 매료되었어."

"그랬나요?"

"나는 당신의 지적인 매력과 책임감에 반했는데."

소영이 창밖을 바라보며 말했다.

"아버지께서는 우리 만남이 두 가문의 학문적 결합이라고 좋아하셨지만, 사실 우리는 그냥 서로에게 끌렸을 뿐이었어요."

신호등에 차가 멈추자, 영수는 과거로 시간을 거슬러 올라갔다.

"LA에서 보낸 그날들이 생각나네. 사람들은 내가 교수 자녀라 편하게 살았을 거로 생각했지만…."

소영이 그의 말을 이었다.

"현실은 정반대였죠. 당신은 조교 일을 하면서 박사 과정을 했고, 나는 한국어 과외로 생계를 꾸렸어요."

"기억나…. 당신이 신문에서 쿠폰을 오려서 장을 보던 모습이."

영수의 목소리에 그리움이 스멀스멀 피어올랐다.

"가장 힘들었을 때는…."

"아이들을 한국에 둔 채 홀로 지내야 했을 때요."

소영의 목소리가 살짝 떨렸다.

"밤마다 아이들 사진 보면서 울었던 기억이 나요."

영수가 한 손으로 아내의 손을 잡으며 말했다.

"그런 날들이 있었기에 지금의 우리가 있는 거야. 모든 고통은 의미 있었어."

고급 주택가로 접어들며 영수는 현재의 안정감에 만족했다.

"소영, 우리가 이 자리까지 오느라 정말 많이 힘들었지."

"네, 하지만 당신은 그 모든 것을 이겨냈어요. 이제는 누구나 인정하는 경제학자가 되었잖아요."

영수가 자신감 넘치는 목소리로 말했다.

"나는 이 성공을 누릴 자격이 있어. 모든 것은 내 노력과 실력의 결과야."

소영은 영수를 걱정스럽게 바라보았다.

"당신의 성공을 자랑스럽게 생각해요. 하지만…. 가끔은 너무 합리적이기만 한 당신이 걱정될 때도 있어요."

"무슨 뜻이야?"

"이 세상에는 논리로 설명할 수 없는 아름다운 것들도 많답니다."

차에서 내려 레스토랑으로 걸어가는 동안, 영수는 주변의 풍경을 흡족히 바라보았다.

"봐, 소영. 저기 보이는 빌딩들, 도로, 모든 것이 완벽한 질서 속에 움직이고 있어."

소영이 영수의 팔짱을 끼며 말했다.

"당신 눈에는 모든 것이 경제학 교과서처럼 보이는군요."

"그래, 바로 그거야."

영수가 열정적으로 설명했다.

"세상은 거대한 인과율의 시스템이야. 모든 결과에는 원인이 있고, 모든 현상에는 설명이 존재해."

그는 하늘을 올려다보며 중얼거렸다.

"보이지 않는 신? 그건 인간의 나약함이 만들어낸 허상일 뿐이야. 우리는 우리 자신의 지성으로 모든 것을 통제할 수 있어."

소영이 살짝 그의 팔을 잡아당겼다.

"조용히, 영수 씨. 사람들이 듣고 있어요."

레스토랑 입구에서 영수는 마지막 순간의 평화를 만끽했다. 안에서는 이미 두 아버지가 도착하여 그들을 기다리고 있었다.

"다 왔군."

영수가 깊은숨을 들이쉬며 말했다.

"소영, 우리 인생 이제 정말 완벽해. 성공적인 경력, 사랑하는 가족, 사회적 지위…. 내가 바라던 모든 것을 이뤘어."

소영이 다정하게 그의 옷깃을 정리해 주며 말했다.

"들어가요, 두 분 다 기다리실 거예요."

영수는 문고리를 잡으며 마지막으로 주변을 돌아보았다. 노을이 지는 도시의 풍경은 여전히 질서 정연하게 흘러가고 있었다.

'이것이 바로 내가 구축한 인생이다. 완벽하게 예측할 수 있고, 합리적으로 설계된 삶.'

그는 이 순간이 영원히 지속될 것이라고 믿었다. 그의 과학적 세계관과 경제학적 지식이 보장해 주는 안정된 미래라고 확신했다.

하지만 강영수는 알지 못했다. 그가 철저히 배제했던 '보이지 않는 것' 그가 믿는 모든 논리와 질서를 순식간에 무너뜨릴 준비를 하고 있다는 것을….

레스토랑 문을 열며 들려오는 두 아버지의 웃음소리는 마치 천사장의 나팔 소리가 울리기 직전의 고요함을 깨는 마지막 평화의 메아리처럼 들렸다.

2장

어머니의 기도와 논리의 벽

순례자의 마지막 준비

해 질 녘의 노을빛이 창가를 길게 스며들자, 이선화 여사의 아파트는 온통 고요하고 아늑한 금빛으로 물들어 가고 있었다. 그녀는 거실 소파에 앉아 붉게 타오르는 창밖을 바라보며 조용히 기도하고 있었다.

"주님, 오늘도 새로운 하루를 허락해 주셔서 감사합니다. 주님의 은혜 가운데 살게 해주신 것에 진심으로 감사드립니다. 남편도, 아들도 훌륭한 교수로 사회에 봉사하고 있고, 눈에 넣어도 아프지 않을 이쁜 손자, 손녀까지 주셨지만, 제 마음 한구석에 이상한 불안이 설명할 수 없이 밀려옵니다."

그녀의 시선은 벽에 걸린 검소한 캘리그라피 성경 구절에 오랫동안 머물렀다.

내가 곧 길이요 진리요 생명이니 나로 말미암지 않고는 아버지

께로 올 자가 없느니라(요한복음 14:6).

이선화 여사는 자리에서 일어나 차분하고 나지막한 목소리로 혼잣말처럼 말했다.

"오늘은 특별한 날이에요, 주님. 아들 영수와 며느리 소영이가 집에 오는 날인데 왜 이렇게 마음이 심하게 초조할까요?"

그녀는 침실로 걸어가 옷장 깊숙한 곳에 소중히 보관했던 작은 배낭을 꺼냈다. 오래되어 색이 바랜 낡은 등산 배낭을 책상 위에 조심스럽게 놓고, 그 안에 든 물건들을 하나씩 확인하기 시작했다. 현금은 혹시 모를 상황에 대비해 넉넉히 챙겼고, 말씀 노트와 함께 그녀에게 가장 소중한 것은 다름 아닌 성경책이있다. 그녀는 닳아 해진 한글 성경책을 꺼내 살며시 만지며, 페이지 사이사이에 빼곡히 적힌 수많은 메모와 기도 제목들을 눈으로 훑었다.

책상 위 액자에 담긴 가족사진을 보며 그녀의 눈가에 이내 눈물이 그렁그렁 맺혔다.

"영수야, 엄마의 간절한 기도가 네 마음에도 부디 전해지길 간절히 바란다…."

그녀는 다시 무릎을 꿇고 더욱 간절한 목소리로 기도를 이어갔다.

"주님, 저를 부르실 때 기쁨으로 당신을 맞이할 수 있도록 은혜를 베풀어 주소서."

기도는 점점 더 깊은 울림으로 이어져 갔다. 이선화 여사의 목소리는 진지하고 애틋했다.

"언제가 모르지만 제가 이 세상을 떠난 후 남게 될 사랑하는 가족들을 주님의 강한 손으로 지켜주소서. 특히 제 아들 영수를…."

그녀는 잠시 숨을 고르며 말을 이었다.

"소영이와 착한 손자, 손녀에게는 복음을 전했습니다. 그들이 주님의 말씀을 굳게 믿게 하여 주시기를 간절히 바랍니다."

그녀의 목소리가 잠깐 멈추었다가 다시 터져 나왔다.

"그들이 혹여나 7년 환란의 시련 속에서도 세상의 유혹을 뿌리치고 짐승의 표를 거부하는 믿음을 주소서. 오직 주님의 이름을 위해 순교할 수 있는 용기를 주소서. 그들의 뛰어난 지식이 오히려 주님을 알아보는 참된 지혜가 되게 하시기를 소원합니다…."

이선화 여사는 깊은 한숨을 쉬며 기도의 세 번째 제목을 꺼냈다.

"평생을 과학이라는 우상에 매여 사신 저의 남편 영철…."

남편의 이름을 부르자 그녀의 눈시울이 붉어지며 눈물이 핑 돌았다.

"그의 마지막 순간에라도 진리를 받아들일 기회를 주소서. 그가 평생 연구한 바로 그 자연 속에서 주님의 발자취를 발견하게 하소서."

이선화 여사는 창가로 걸어가 노을이 지는 도시를 내려다보았다. 마치 아들 영수의 성공을 상징하는 듯한 고층 빌딩들이 하늘을 향해 질서정연하게 줄지어 서 있었다.

"영수야, 너는 참으로 훌륭한 아들이지만, 엄마는 네가 그 눈부신 성공 뒤에 숨겨진 더 큰 진리를 보기를 간절히 바란다."

그녀는 다시 기도를 시작했다.

"주님, 영수가 어릴 때부터 보여주었던 그 예리한 지성이 오히려 주님을 만나는 것을 막는 장벽이 되지 않도록 붙들어 주소서. 그의 논리적 사고가 주님의 크신 은혜를 이해하는 데 방해가 되지 않게 하시고, 오히려 주님의 놀라운 창조 질서를 깨닫는 지혜가 되게 하소서."

이선화 여사는 지난주에 꾸었던 특별한 꿈을 잊을 수 없었다. 그녀는 소파에 앉아 그 생생한 기억을 되살리며 나지막이 중얼거렸다.

"그 빛은…. 형용할 수 없을 만큼 따뜻했지. 그분이 말없이 나를 바라보시는데, 세상의 모든 것이 이해되는 듯한 깊은 느낌이었어."

그녀는 눈을 감고 그 평화로운 느낌을 다시 찾으려 했다.

"그 꿈에서 깨어났을 때, 나는 알 수 있었어. 때가 가까웠다는 것을…."

이선화 여사는 일어나 거실을 천천히 걸어 다니며 말을 이었다.

"그래서 오늘 마음이 이토록 초조한 거야. 주님 오실 때가 가까워졌어."

그녀는 가족들을 생각하며 배낭을 다시 점검했다. 성경과 상비약을 다시 한번 확인하며 혹시 빠진 것이 없는지 꼼꼼하게 살폈다. 갑자기 그녀는 멈칫하며 가족사진을 꺼내 들고 오랫동안 애틋하게 바라보았다.

"영철 씨, 영수야…. 당신들은 내가 가장 사랑하는 가족들이야."

이선화 여사의 눈에서 눈물이 뚝뚝 떨어져 내렸다.

"주님, 이 사랑하는 사람들을 꼭 지켜주세요. 특히 영수는…. 그 아이의 마음이 너무 딱딱하게 굳어져서 제 마음이 너무도 걱정입니다."

그녀는 마지막으로 배낭을 닫고, 거실 중앙에 다시 무릎을 꿇었다.

"주님, 저는 보혈의 은혜로 당신을 영접할 준비가 되었습니다. 오늘도 새로운 날을 맞이하게 하심에 감사하며…."

기도는 계속되었지만, 이제 그녀의 마음에는 비로소 평화가 깊이 자리 잡기 시작했다. 모든 것을 주님께 완전히 맡긴 그 순간, 마음속의 초조함은 온데간데없이 사라지고, 설명할 수 없는 깊고 고요한 평안만이 그녀를 감싸고 있었다.

이성(理性)의 성벽과 영혼의 간구

현관문이 열리는 소리에 이선화 여사는 기도 중이던 자리에서 부드럽게 일어났다. 영수가 장미 다발을 들고 현관에 서 있었다.

"어머니, 오래간만이에요. 소영이는 지하 주차장에 차를 세우고 올라오는 중이에요."

영수의 목소리는 예의 바르지만, 어머니가 무릎을 꿇고 기도하던 자리를 의식하는지 약간 어색해 보였다.

이선화 여사는 아들의 고집스러운 모습을 보며 마음이 아팠다.

"어머니가 좋아하시는 백합을 사 왔어요"

"그래, 고마워. 어서 들어와, 아들아. 꽃은 내가 정리할게."

영수가 자리에 앉자, 이선화 여사는 진지한 눈빛으로 물었다.

"영수야, 엄마가 오늘은 꼭 해야 할 말이 있어."

영수는 시계를 슬쩍 보며 대답했다.

"어머니, 사실 오늘 저녁에 중요한 회의가 있어서요. 통화 정책과 물가 안정성에 관한…."

"잠시만 시간을 내주겠니?"

이선화 여사의 목소리에 간절함이 스며들었다.

"요즘 세상이 어떻게 돌아가고 있는지 느껴지지 않아? 마치 낡은 배가 가라앉기 전에 내는 끔찍한 소리처럼…. 나는 주님이 언제 오실지 모르지만, 지금이라도 오시기에 늦지 않다고 생각해."

영수는 미간을 살짝 찌푸렸다.

"어머니, 저는 경제학자입니다. 성경 해석가는 아니에요."

"그렇지만 영수야."

이선화 여사의 목소리가 더욱 간절해졌다.

"네가 아무리 훌륭한 경제 모델을 만들어도, 그 모델이 작동하는 세상 자체가 사라진다면 무슨 의미가 있겠니?"

영수는 자리에서 일어나 창밖을 바라보았다.

"어머니, 우리 이 이야기는 그만하자고요. 서로의 생각이 다르다는 걸 이미 잘 알고 있잖아요."

이선화 여사는 단호하게 물었다.

"마지막으로 물어보겠다. 네가 평생 믿어온 빅뱅과 진화가 정말이 우주의 모든 것을 설명하는 유일한 진리라고 생각하니?"

영수는 깊은 한숨을 내쉬며 논리적으로 설명하기 시작했다.

"어머니, 저는 믿음 자체를 비난하는 게 아닙니다. 다만 저는 증명할 수 있는 사실에 기반해 삶을 설계해야 해요. 빅뱅 이론에 따르면 우주는 약 138억 년 전 극도로 작고 뜨거운 상태에서 폭발적으로 팽창하기 시작했어요. 이 이론은 현재 가장 체계적인 모델입니다."

영수는 열정적으로 설명을 이어갔다.

"우주는 한때 빛을 가두는 불투명한 안개였습니다. 빅뱅 후 38만 년, 우주가 식자 안개가 걷히고 최초의 빛이 해방되었죠. 그 빛은 수십억 년의 팽창을 거쳐 차가운 마이크로파로 우리에게 닿는 우주의 가장 오래된 숨결입니다.

천문학에서는 주로 빛의 파장이 길어져서 가시광선 영역에서 붉은색 쪽으로 치우치는 현상인 적색편이는 멀리 있는 은하일수록 빛은 붉은색을 띱니다. 이는 우주 공간 자체가 끊임없이 늘어나 모든 것이 서로에게서 멀어져 가는 영원한 이별의 순간을 기록하고 있다는 명확하지만 슬픈 증거입니다.

수소와 헬륨의 비율에서 우주의 모든 물질은 태초의 3분 동안 결정되었습니다. 그 격렬한 순간에 수소와 헬륨은 무게 3:1이라는 완벽한 비율로 창조되었고, 이 비율은 이후 모든 별과 은하를 빚어낸 근본적인 설계도로 남아 있습니다."

그는 책상 위 물컵을 들어 올리며 비유를 들었다.

"이 물컵이 우주라고 상상해 보세요. 우리는 안에 갇혀서 바깥 세상을 직접 볼 수 없지만, 안에서 일어나는 현상들을 관찰해 바깥 세상의 법칙을 유추해 내는 거죠."

이선화 여사가 무언가 말하려 하자 영수는 계속했다.

"아버지의 연구를 인용하자면, 진화는 불완전한 과정이에요. 인간의 맹장, 꼬리뼈, 사랑니처럼 더 이상 기능하지 않는 기관들이 그 증거입니다. 완벽한 창조주가 설계했다면 왜 이런 결함들이 존재하겠어요? 어머니의 창조론은 과학적 증거와 맞지 않아요."

영수는 더 구체적인 예를 들기 시작했다.

"인간 유전자에는 수많은 퇴화한 DNA 조각들이 있어요. 과거에는 기능했지만, 지금은 아무 역할을 하지 않죠. 마치 오래된 컴퓨터 프로그램에 남아 있는 쓰레기 코드처럼요. 완벽한 창조주가 왜 그런 불완전한 설계를 했을까요? 또 다른 예를 들자면 우리 눈의 구조에 결함이 있어요."

영수가 열정적으로 설명을 이었다.

"망막 신경과 혈관이 광수용체 앞에 위치해서 빛을 차단하고 맹점이 생기게 하죠. 이건 진화 과정에서 생긴 설계 오류예요. 완벽한 창조라면 이런 결함은 존재하지 않았을 거 아닙니까?"

영수는 이제 경제학자의 관점에서 논리를 펼쳤다.

"기회비용의 개념으로 쉽게 설명해 드리고 싶어요. 신앙생활에는 시간, 에너지, 금전적 자원이 투입됩니다. 그 자원들을 연구나 가족과의 시간에 투자한다면 측정할 수 있는 결과를 얻을 수 있어요. 하지만 어머니가 말씀하시는 '휴거'는 단 한 번도 관찰된 바 없는 사건이에요. 0.0001%의 확률에 제 모든 자원을 투입하는 것은 비합리적인 선택이에요."

영수의 목소리가 더욱 설득력 있게 변했다.

"게다가 어머니, 신앙 때문에 발생하는 사회적 비용도 무시할 수 없어요. 중세 시대만 해도 교회가 과학의 발전을 얼마나 가로막았는지 역사가 증명하고 있어요. 갈릴레오의 경우를 보세요. 그는 지동설을 주장했다가 종교 재판에 넘겨졌어요. 미국에서만 창조론 관련 프로젝트에 연간 수십억 달러가 투자되고 있다고 해요."

영수의 말은 점점 날카로워졌다.

"그 돈으로 얼마나 많은 과학 연구나 빈곤 구제 사업을 할 수 있었을까요?"

영수의 말은 단순한 의견 차이를 넘어, 어머니의 삶 전체를 비효율적인 선택으로 규정하는 듯했다.

"어머니, 저는 증명할 수 없는 것에 인생을 걸 수 없어요. 그것이 바로 제가 선택한 합리적인 길입니다."

　이선화 여사는 아들의 말을 듣고 깊은 상처를 받은 표정이었지만, 여전히 간절한 눈빛으로 아들을 바라보고 있었다.

마지막 증언과 홀연한 예감

이선화 여사는 아들의 차가운 논리를 들으며 오히려 평온함을 느꼈다. 그녀는 영수가 쌓아 올린 이성의 성이 얼마나 높고 견고한지 잘 알고 있었다.

"영수야, 네가 만든 경제 모델의 변수들은 모두 네가 정한 유한한 조건 안에서만 작동하지 않니?"

그녀의 목소리는 부드럽지만 단호하게 이어졌다.

"네가 말하는 138억 년이라는 시간도 결국 이 유한한 세상에서 네가 정한 시간의 단위일 뿐이야. 시간 자체를 창조하신 분에게 그 시간이 무슨 의미가 있겠니?"

그녀는 방 안을 둘러보며 비유를 이었다.

"네가 이 방의 규칙을 연구해서 이 방의 모든 것을 설명할 수 있다고 해도, 그건 이 방 안에서만 통하는 설명이야. 이 방을 설계한 건축가의 의도는 전혀 다른 차원의 문제지. 너는 방 안에 갇혀서 건축가의 마음을 어찌 알 수 있겠니? 그리고 네가 말한 인간 몸의 결함들….”

이선화 여사가 깊은 생각에 잠긴 표정으로 말을 이었다.

“그것은 아마도 창조주의 원래 설계가 아니라, 무언가에 의해 훼손된 결과일지도 모르지. 마치 완벽한 컴퓨터 프로그램에 바이러스가 침투해서 오류를 일으키는 것처럼 말이야. 우리의 연약함은 전능자를 찾고 그분의 은혜와 능력에 감사하게 만드는 축복의 통로야.”

그녀는 영수가 중학생 때 했던 비행기 비유를 다시 꺼냈다.

“네가 비행기 설계도를 볼 때, 너는 이미 비행기의 목적과 완성된 형태를 알고 있지 않니? 네 아버지가 동물의 흔적 기관을 쇠퇴의 증거라고 하지만, 창조주의 시각에서는 그것이 인간의 타락 이후 일어난 질고의 파괴일 수도 있다는 생각은 해보지 않았니? 영수야, 과학이 발견한 모든 법칙은….”

이선화 여사가 차분하게 말을 이었다.

“창조주가 세상에 부여하신 질서의 표현일 뿐이야. 네가 연구하는 경제 법칙도 마찬가지고. 그 법칙들을 발견한 것을 가지고 창조주를 부정하는 것은 망원경을 발명한 것을 가지고 별들이 존재하지 않는다고 주장하는 것과 같단다.”

이선화 여사는 영수의 손을 잡았다. 그 손은 따뜻하고 부드러웠지만, 그 안에는 강철 같은 의지가 느껴졌다.

"너는 기회비용을 말했지만, 엄마의 믿음은 생명을 유지하는 호흡과 같단다. 네가 공기를 마시고 물을 마시듯이, 엄마의 영혼은 하나님의 말씀을 통해 살아가는 거야. 그리고 네가 말한 중세 시대의 오류들은…."

그녀가 진지한 표정으로 말을 이었다.

"인간이 저지른 실수일 뿐이야, 하나님의 실수가 아니야. 인간은 누구나 실수할 수 있고, 교회도 인간이 운영하는 기관이니까. 하지만 그건 진리 자체의 문제가 아니지. 진리는 인간의 실수 위에 흔들리지 않아. 영수야, 성경에는 구원받은 성도들의 마지막 때에 관하여 명확하게 기록되어 있다."

그녀의 목소리가 약간 떨렸다.

"데살로니가전서 4장 16~17절, 주께서 호령과 천사장의 소리와 하나님의 나팔로 친히 하늘로 좇아 강림하시리니 그리스도 안에서 죽은 자들이 먼저 일어나고 그 후에 우리 살아 남은 자도 저희와 함께 구름 속으로 끌어 올려 공중에서 주를 영접하게 하시리니."

이선화 여사는 성경을 펼쳐 더 많은 구절을 읽기 시작했다.

"고린도전서 15장 51~52절, 보라 내가 너희에게 비밀을 말하노니 우리가 다 잠잘 것이 아니요 마지막 나팔에 순식간에 홀연히 다 변화하리니 나팔 소리가 나매 죽은 자들이 썩지 아니할 것으로 다시 살고 우리도 변화하리라.

마태복음 24장 40~41절, 그때에 두 사람이 밭에 있으매 하나는 데려감을 당하고 하나는 버려둠을 당할 것이요 두 여자가 매를 갈고 있으매 하나는 데려감을 당하고 하나는 버려둠을 당할 것이니라.

영수야, 이 말씀들이 마치 지금, 이 시대를 위해 기록된 것 같지 않니?"

이선화 여사의 목소리에는 깊은 확신이 스며들어 있었다.

"데살로니가전서의 그 말씀, 주께서 나팔 소리와 함께 공중으로 강림하신다는 약속…. 마치 오늘을 예견하듯 선명하게 다가오는구나."

그녀의 손이 성경 페이지를 따라 살며시 움직였다.

"고린도전서의 '순식간에 홀연히'라는 말씀, 마태복음의 '데려감을 당하고 버려둠을 당할' 그 상황…. 모든 것이 지금, 이 순간을 위해 기록된 말씀처럼 느껴진다."

이선화 여사의 눈빛이 더욱 깊어졌다.

"영수야, 우리가 살아가는 이 시대, 모든 것이 빠르게 변하고 전 세계가 하나로 연결되는 이때가 바로 예수님의 재림을 준비하는 때인 것 같아. 성경의 예언들이 하나둘씩 실현되고 있어."

영수는 어머니의 눈을 바라보았다. 그 눈동자에는 어떤 과학적 증거로도 반박할 수 없는 확신이 빛나고 있었다.

'왜인지 모르겠지만, 어머니의 눈빛은 내 모든 논리를 무력화시키는 힘이 있다.'

이 순간 영수의 마음에 스치던 불편함은, 그가 평생 믿어온 체계에 위협이 되는 정신적 노이즈였다.

영수의 머릿속에서 경제학 교과서의 문구들이 스쳐 지나갔다.

'합리적 경제인은 가용한 정보를 바탕으로 효율을 극대화하는 선택을 한다.'

하지만 지금, 이 순간, 그는 자신이 정말로 '합리적'인지 의문이 들기 시작했다. 어머니의 믿음에는 어떤 계산으로도 측량할 수 없는 깊이가 있었다.

"어머니, 저는…."

영수가 말을 더듬었다.

"저는 증명할 수 없는 것을 믿을 수 없어요. 제가 연구하는 경제 모델들은 모두 검증 가능해야 합니다. 백테스팅을 통해 그 유효성을 입증해야 하죠. 하지만 어머니의 믿음은 어떤 방식으로도 검증할 수 없어요."

이선화 여사는 미소 지으며 대답했다.

"영수야, 사랑도 검증할 수 있니? 네가 소영을 사랑하는 마음 그것을 과학적으로 증명할 수 있니? 그런데도 그 사랑이 진실이라는 것을 네가 알지 않니? 믿음도 마찬가지란다."

"어머니, 저는 가보아야겠습니다."

영수가 자리에서 일어났다.

"아버지와 장인어른이 기다리실 거예요. 저희를 위해 기도해 주세요? 하지만 저의 신념은 변하지 않을 것입니다."

이선화 여사는 아들의 등을 보며 조용히 눈물을 흘렸다. 그 눈물은 실망이나 슬픔이 아닌, 이별을 예감하는 어머니의 마음이었다.

"영수야, 네가 여기에 남게 될 때…."

그녀의 목소리는 간신히 들릴 만큼 낮았지만, 영수의 마음에 깊이 박혔다.

"네가 그토록 믿었던 논리가 너를 구원하지 못한다는 것을 깨닫게 될 거야. 그때 너는 결국, 네가 배제했던 창조주를 찾게 될 거란다."

그녀는 작은 봉투를 꺼내 영수에게 건넸다.

"이것은 엄마가 네게 주는 마지막 선물이야. 나중에…. 꼭 필요한 때가 오면 열어보렴."

봉투 안에는 간단한 손 글씨로 쓴 성경 구절과 함께, 어린 시절 영수가 교회에서 받은 작은 십자가 펜던트가 들어 있었다.

영수는 마치 듣지 못한 듯 현관문을 열고 나갔다. 문이 닫히는 소리가 났을 때, 이선화 여사는 다시 무릎을 꿇었다.

그녀의 손이 닳아 해진 성경책을 펼쳤다.

"마태복음 24장 36, 42~44절. 그러나 그 날과 그 때는 아무도 모르나니 하늘의 천사들도 아들도 모르고 오직 아버지만 아시느니라… 그러므로 깨어 있으라 어느 날에 너희 주가 임할는지 너희가 알지 못함이니라… 이러므로 너희도 예비하고 있으라 생각지 않은 때에 인자가 오리라."

그녀는 시편 121편을 읽기 시작했다.

"내가 산을 향하여 눈을 들리라 나의 도움이 어디서 올꼬 나의 도움은 천지를 지으신 여호와에게서로다…."

그녀의 목소리는 고요한 밤을 가르는 기도처럼 아름답고 평화로웠다.

이선화 여사는 지난 40년 간의 신앙생활을 회상했다. 어린 영수를 데리고 교회에 다니던 날들, 남편의 반대에도 굴하지 않고 기도하던 밤들, 아들이 미국 유학을 떠날 때 밤새워 기도했던 그 시간들….

모든 것이 마지막을 준비하는 과정이었음을 이제야 깨달았다.

그녀는 작은 수첩을 꺼내 마지막 편지를 쓰기 시작했다.

영수에게, 그리고 사랑하는 당신에게….

만약 그들이 이 편지를 보게 된다면, 그때는 이미 그녀가 떠난 후일 것이라는 사실을 알면서도.

그러나 이선화 여사에게 한가지 위로가 된다면 소영과 손자, 손녀가 구원을 받았다는 것이다. 그들의 순수한 믿음이 그녀의 마지막 기도에 힘을 실어주었다.

창밖에는 완전한 어둠이 내려앉았다. 아파트 안에는 샌달우드 향과 함께 세상의 종말을 기다리는 듯한 엄숙한 고요가 맴돌았다.

머지않아 그녀는 진정한 고향으로 돌아갈 수 있을 것만 같았다. 그곳에는 눈물도, 아픔도, 이별도 없는 영원한 평안히 기다리고 있었다.

한편, 아래층에서 차를 타고 저녁 약속 장소로 향하던 영수는 어머니가 건넨 봉투를 만지작거리며 생각에 잠겼다.

왠지 모를 불안감이 그를 사로잡고 있었다. 어머니의 마지막 말이 그의 마음속에서 맴돌았다.

"네가 믿었던 논리가 너를 구원하지 못한다는 것을 깨닫게 될 거야."

"무슨 생각을 그렇게 골똘히 하세요?"

운전석 옆에 앉은 소영이 물었다.

"아니, 별거 아니야."

영수는 봉투를 가방에 넣으며 대답했다.

"그냥…. 어머니 말씀이 마음에 걸려서."

소영은 영수의 얼굴을 걱정스럽게 바라보았다.

"요즘 어머니께서 유난히 불안해하시는 것 같아요. 우리가 좀 더 자주 뵈러 가야겠네요. 특히 요즘 같은 때에는…."

"요즘 같은 때?"

영수가 의문을 표했다.

"세상이 좀 불안하지 않아요?"

소영이 창밖을 바라보며 말했다.

"금융 위기 이야기, 전쟁 소문, 기후 변화… 마치 뭔가 큰 일이 일어나기 직전 같은 느낌이 들어요."

영수는 웃으며 대답했다.

"당신, 참…. 세상은 항상 불안했어. 지금까지 항상 나쁘다고 했지, 좋다는 날이 없어서. 하지만 인간의 이성과 기술이 모든 문제를 해결해 왔지. 이번에도 다를 거 없어."

하지만 그의 말과는 달리, 가방 속 봉투가 무겁게 느껴졌다.

그들은 고급 프랑스 레스토랑에 도착했다. 강영철 교수와 김길부 교수는 이미 와서 진지한 대화를 나누고 있었다.

"영수 왔나?"

강영철 교수가 반갑게 인사했다.

"요즘 세상 돌아가는 꼴을 보니, 우리가 젊었을 때보다 더 혼란스럽구먼."

김길부 교수도 고개를 끄덕였다.

"경제 지표들이 모두 이상 신호를 보내고 있어. 뭔가 큰 변곡점이 다가오고 있는 것 같아."

영수는 어머니의 경고를 잠시 잊으려는 듯 웃으며 자리에 앉았다.

"아버지, 장인어른, 걱정하지 마세요. 우리가 합리적으로 분석하고 대비하면 어떤 위기도 극복할 수 있습니다."

그러나 그의 마음 한구석에는 여전히 어머니의 눈빛과 그 예감이 자리 잡고 있었다.

3장

불안의 씨앗

완벽한 저녁의 그림자

서울 강남 삼성동, 고급 프렌치 레스토랑의 35층. 전면을 가득 채운 유리창 너머로는 서울의 야경이 한 폭의 화려한 유화처럼 펼쳐져 있었다. 레스토랑의 은은한 조명과 조화를 이룬 창밖의 풍경은 마치 별빛을 수놓은 도시의 바다 같았다.

그 광경의 한가운데에는 롯데월드타워가 우뚝 솟아 있었다. 123층의 웅장한 탑은 마치 어둠을 가르는 빛의 기둥처럼, 반짝이는 수많은 조명으로 장식되어 하늘로 당당하게 서 있었다. 탑의 정교하게 켜고 꺼지는 조명 패턴은 마치 도시의 심장이 뛰는 듯한 리듬을 만들어냈고, 그 주위로는 한강의 반짝이는 물결과 마천루들의 작은 빛들이 보석처럼 흩어져 있었다. 멀리서 보이는 남산의 N서울타워와 함께 롯데월드타워는 이 화려한 야경의 중심축이 되어 도시의 번화함과 현대적 아름다움을 동시에 말해주고 있었다.

레스토랑 안에서는 섬세한 클래식 음악이 흐르고, 테이블마다 촛불이 어둠을 따뜻하게 밝히고 있었다. 유리창에 비친 실내의 정겨운 풍경과 창밖의 화려한 야경이 중첩되어 마치 현실과 꿈의 경계를 넘나드는 듯한 환상적인 분위기를 자아내고 있었다. 은은한 조명 아래 크리스털 잔이 부딪치며 맑은소리를 냈다. 강영수는 와인잔을 천천히 들었다.

"이 전망, 참 대단하지 않습니까. 저 멀리까지 불빛이 이어지는 걸 보면… 뭔가 완성된 느낌이 듭니다."

김길부 교수는 창밖을 바라보다가 고개를 돌려 조용히 웃었다.

"완성된 세상이라… 자네는 언제나 그렇게 말하지. 모든 게 시스템 안에 거의 들어맞아야 직성이 풀리는 모양이야."

영수가 피식 웃으며 포크를 내려놓았다.

"장인어른도 잘 아시잖습니까. 세상이 혼란스러울수록, 우리는 더 명확한 기준을 찾아야 합니다. 불확실성을 줄이고, 예측할 수 있는 모델을 만드는 게 저희 세대의 과제입니다."

김 교수는 와인잔을 살짝 기울이며 잔 속에서 도는 붉은 액체를 바라보았다.

"그래, 자네 논문도 읽어봤네. 흥미롭더군. 특히 인간 행동을 수학적 확률로 환산하려는 시도. 하지만 말이야…"

그는 시선을 영수에게 고정한 채 말을 이었다.

"그렇게 모든 것을 숫자로 환산할 수 있다고 믿는다면, 자네는 아주 중요한 걸 놓치고 있는 거야. 인간은 말이지, 때로는 비합리적인 선택을 더 만족스러워하지."

"그건 단기적인 감정의 왜곡일 뿐입니다."

영수의 목소리에 조금 힘이 실렸다.

"충분한 데이터와 환경 제어가 가능하다면, 심리 역시 예측 범위 안에 둘 수 있습니다."

김 교수는 이마를 문질렀다.

그때 옆자리에 앉아 있던 강영철 교수가 잔을 내려놓으며 말했다.

"김 교수, 자네 말은 일리는 있어. 하지만 그건 지나치게 낭만적인 관점일지도 몰라. 기술은 감정을 대체하진 않더라도, 불필요한 감정의 오류를 줄이는 데엔 확실히 도움이 되지 않나?"

"강 교수, 내가 말하는 건 낭만이 아니네. 감정, 불안, 통제 욕망… 이런 것들이야말로 인간 사회를 움직이는 진짜 변수야. 우리가 실험실 안에서 조작할 수 있는 '노이즈'가 아니지."

"그럼 자네 말은 기술이 아무리 발전해도 인간은 늘 불완전하게 남아야 한다는 건가?"

영수가 다시 말을 받았다.

"그건 너무 비관적인 전제 아닙니까?"

김 교수는 한숨을 쉬며 고개를 저었다.

"비관이 아니야. 그저… 겸손한 접근일 뿐이지. 우리는 인간을 너무 단순화하려고 해. 하지만 현실은 예외투성이야."

"그래서 통계와 알고리즘이 필요한 겁니다."

영수의 말에 약간의 짜증이 묻어났다.

"모든 게 불확실하다고 말하면, 우리는 아무것도 시도하지 못하죠. 우리가 만든 도구로 세상을 더 명확하게 볼 수 있다면, 그게 진보 아닙니까?"

"도구가 인간을 대신할 수 있다고 생각하나?"

김 교수의 목소리는 낮고 단호했다.

"기술은 도구일 뿐이야. 도구에 인간을 맞추려 하면 안 되지."

강영철 교수가 그 둘을 번갈아 보며 웃음을 흘렸다.

"두 사람 모두 너무 극단적이야. 영수 자네는 지나치게 구조적이고, 김 교수는 지나치게 철학적이지. 결국 답은 중간 어딘가에 있겠지. 기술이 감정을 완전히 제거하진 못해도 적절히 보완할 수 있는 선에서 균형을 찾아야지."

잠시 정적이 흘렀다. 레스토랑의 클래식 음악이 은은히 퍼지고, 창밖으로는 서울의 불빛들이 흔들렸다.

영수가 와인잔을 다시 들며 말했다.

"그래도 저는 믿고 싶습니다. 우리가 만든 체계가 인간의 본능마저 조금은 더 나은 방향으로 이끌 수 있다고."

김 교수는 그 말을 듣고, 미소는 지었지만, 눈빛은 어두웠다.

"그 믿음이 언젠가 자네를 어디로 데려갈지… 나로선 조금 걱정스럽군."

보이스피싱의 진실

레스토랑의 조명이 은은하게 퍼지며 조용한 음악이 흐르는 가운데, 세 번째 코스 요리가 접시에 담겨 나왔다.

"요즘 들어 계속 불안했던 게 있었는데, 오늘 이 자리에서 말씀드려야겠네."

김길부 교수의 목소리에 식탁의 화기애애한 분위기가 순식간에 가라앉았다. 모두가 김 교수를 바라보는 가운데, 그는 자리에서 살짝 몸을 일으켜 주머니에서 스마트폰을 꺼내더니 무거운 표정으로 말을 이었다.

"내 계좌에서 뭔가 이상한 접속 기록이 있다는 문자가 와서 지난주만 해도 증권사에 전화를 세 번이나 했네. 그런데 증권사에서는 아무 문제 없다고만 하고⋯."

소영과 영수가 걱정스러운 눈빛으로 김 교수를 바라보자, 그는 깊은 한숨을 내쉬며 계속했다.

"그러다 지난달에 정말 이상한 일을 겪었어. 그때부터 이게 단순한 우연이 아니라는 생각이 들더군."

포크를 들려다 멈춘 소영이 눈을 동그랗게 떴다.

"아버지, 어떤 일이요?"

김 교수는 천천히 와인잔을 내려놓고 고개를 돌렸다.

"연구실에서 논문을 쓰고 있는데, 문자 하나가 왔지. 금융감독원이라고. 그 문자에 적힌 내용이 너무나 구체적이었어. 그런데 금융감독원으로 속인 문자였어. 문제는…."

영수가 눈썹을 찌푸리며 물었다.

"단순한 피싱 메시지 아니었습니까? 요즘 흔하던데요."

"그랬으면 나도 그냥 무시했겠지."

김 교수가 낮은 목소리로 말을 이었다.

"내가 보유한 주식 종목, 매수 시점, 거래 금액까지 정확히 적혀 있었어. 그걸 본 순간, '이게 진짜일 수도 있겠다'라는 생각이 들었지."

"설마…. 링크도 누르셨어요?"

소영이 조심스럽게 물었다.

"누르게 되더군."

김 교수는 잠시 침묵했다가 이내 말을 이었다.

"증권회사 앱과 똑같은 화면이 떴어. 깔끔하고 정교했지. 심지어 OTP 입력창까지 그대로 구현돼 있었어."

강영철 교수가 팔짱을 끼며 말했다.

"요즘 그런 기술 흔해. 정보 몇 개만 있어도 정밀하게 모방하잖아. 결국엔 시스템이 보완되면 해결될 문제야."

김 교수는 눈을 가늘게 뜨며 말했다.

"아니, 그게 단순한 기술 문제라고 생각한다면 본질을 놓치고 있는 거야. 그들이 어떻게 내 거래 정보를 알았겠나? 이건 내 기기에 저장된 데이터만으로 설명되지 않아."

그는 스마트폰을 테이블 위에 가볍게 내려놨다.

"이 안에만 있는 게 아니야. 나와 관련된 데이터가 이미 어딘가에 아주 체계적으로 축적되고 있었던 거지."

영수는 살짝 비꼬는 듯 말했다.

"장인어른, 지금 말씀은… 누군가가 우리의 일상 전체를 감시하고 있다는 이야기처럼 들립니다."

김 교수는 차분히 고개를 끄덕였다.

"감시라는 단어가 거슬릴 수 있지. 요즘은 더 정중한 표현을 쓰더군. '맞춤형 추천', '사용자 중심 서비스'. 하지만 결과는 같아. 우리는 더 이상 자유로운 개인이 아니라, 예측할 수 있는 소비 단위일 뿐이야."

소영이 얼굴을 굳히며 입을 열었다.

"그런데, 아버지···. 그게 꼭 나쁜 건가요? 편리하잖아요. 위험을 미리 알려주기도 하고요."

김 교수는 딸을 바라보며 씁쓸하게 웃었다.

"맞아. 처음엔 늘 편리함으로 포장되지. 하지만 그 편리함이 쌓이고 쌓이면 어느 순간, 우리가 시스템에 기대는 방식이 아니라, 시스템 없이는 아무것도 못 하게 돼."

그는 와인잔을 돌리며 천천히 말을 이었다.

"이제 우리 모두 이 기계 하나 없이는 출근도 못 하고, 결제도 못 하고, 신분도 증명하지 못하지 않나? 휴대폰이 꺼지는 순간, 존재 자체가 사라지는 거야."

강영철 교수가 웃음을 흘리며 말을 받았다.

"길부, 또 음모론이지? 결국 시스템은 인간이 만든 거야. 우리가 조절할 수 있어."

"그 '조절'이라는 단어."

김 교수의 눈빛이 날카로워졌다.

"그게 착각이라는 걸 아직도 모르는군. 데이터는 어느 순간 인간의 손을 떠나. 인공지능이 패턴을 인식하고, 알고리즘이 판단하고, 시스템이 결정을 내리지. 인간은 그저 버튼을 누를 뿐이야."

영수가 끼어들었다.

"하지만 기술은 계속 발전하고 있고, 그 위험을 막기 위한 보안 기술도 함께 개발되고 있습니다. 블록체인, 양자 암호 같은 것들 말이죠."

김 교수는 고개를 저었다.

"자네는 항상 기술로 문제를 해결하려 하지. 하지만 문제의 본질은 인간이야. 기술은 도구일 뿐이고, 그 도구를 쥔 자의 권력욕이 문제인 거지."

소영이 잠시 침묵하다 다시 조용히 물었다.

"아버지, 그런 걸로 무슨 일이 벌어질 수 있다는 거예요?"

"지금, 이 순간도 벌어지고 있지."

김 교수는 눈빛을 가늘게 떴다.

"중앙은행이 디지털 화폐를 도입하면, 모든 거래가 추적 가능해진다네. 그리고 정부는 그 데이터를 이용해 사람들의 행동을 교묘하게 유도하거나, 직접 통제할 수 있어."

"예를 들면요?"

소영이 물었다.

"정부에 비판적인 글을 쓴 사람의 계좌를 일시 정지할 수 있어.

또는, 어떤 물건을 살 수 없게 제한하거나, 돈에 유효 기간을 설정해 '이틀 안에 사용하지 않으면 소멸한다'라고 정할 수도 있지."

영수가 헛웃음을 지었다.

"그건 너무 극단적인 가정 아닙니까? 민주주의 사회에서 그런 일이 벌어지긴 어렵죠."

"민주주의?"

김 교수는 미소를 지었다.

"민주주의도 시스템 위에 얹힌 구조일 뿐이야. 그 시스템을 누가 설계하고, 누가 유지하는지에 따라 민주주의란 말도 껍데기가 될 수 있지."

강영철 교수가 결국 참지 못하고 소리를 높였다.

"길부, 자네는 지금 내 아내가 평소에 하는 얘기 그대로 하고 있어! 칩을 이식한다느니, 통제 사회가 온다느니… 지나친 상상력일 뿐이야!"

"그래."

김 교수는 천천히 고개를 끄덕였다.

"많은 사람이 그렇게 생각하겠지. 그래서 준비도, 저항도, 질문도 없이 그대로 받아들이게 되는 거야. 그러다 어느 날, 칩 없이는 아무것도 할 수 없는 세상이 되어 있는 거지."

테이블 위로 무거운 정적이 흘렀다.

웨이트리스가 조심스럽게 다음 코스 요리를 올려놓았지만, 아무도 손을 대지 않았다.

영수는 두 사람의 논쟁을 지켜보며 눈을 감았다.

아버지의 냉정한 과학적 사고, 장인의 차가운 경고, 어머니의 종말론적 신앙이 머릿속에서 얽히기 시작했다.

도로를 따라 흐르는 차량의 불빛이 영수의 얼굴에 반사되었다. 창밖으로 보이는 서울의 밤은 여전히 질서 정연하고, 빛났으며, 완벽해 보였다.

그러나 그 완벽함이 오늘따라 이상하게 차가워 보였다.

소영이 조심스럽게 그의 팔을 만졌다.

"괜찮아? 오늘 식사 내내 아버지와 의견이 부딪치면서 긴장하던데."

영수는 억지 미소를 지으며 고개를 저었다.

"아니야, 괜찮아. 그럴 수도 있지 뭐."

하지만 그의 눈은 여전히 창밖을 향하고 있었다.

그리고 그의 마음속 어딘가에서 김길부 교수의 말이 깊은 메아리처럼 울려 퍼지고 있었다.

"칩 없이는 아무것도 살 수도, 팔 수도 없는 세상."

그 말은 어쩌면 단순한 예언이 아니라, 이미 작동하기 시작한 '미래의 시스템'을 향한 조용한 경고였는지도 모른다.

4장

눈 깜짝할 사이, 도적같이

논리의 피난처

강남 한복판의 화려한 빛이 차창 밖을 흘러내리고 있었다. 고요하게 흐르는 정체 없는 밤의 도로….

강영수는 검은 세단의 핸들을 단단히 잡은 채, 앞을 응시하고 있었다. 가로등 불빛이 일정한 간격으로 대시보드 위로 떨어졌다가 사라지기를 반복했다.

조수석에서 소영이 조용히 입을 열었다.

"영수 씨… 오늘 저녁 자리 때문인지 얼굴이 좀 좋지 않아요."

그녀의 목소리는 낮았고, 섬세했다. 마치 조금 전까지의 정적을 깰까 조심스러운 듯했다.

영수는 잠시 말없이 브레이크를 밟고 좌회전했다. 신호등이 바뀌기 전, 그가 입을 열었다.

"아니. 괜찮아. 그냥… 어머니와 장인어른 말씀이 조금 마음에 걸려서 그래."

소영은 그의 얼굴을 조심스럽게 살폈다.

영수는 평소와 다르게 턱을 꽉 다물고 있었고, 눈매는 날이 서 있었다.

그 모습은 냉정한 척하면서도 뭔가 동요하고 있다는 걸 감추지 못하고 있었다.

"아버지가 하신 말씀이 좀 극단적이긴 했죠."

소영이 조심스레 말을 보탰다.

"그래도… 완전히 틀렸다고는 말 못 하겠어요."

"소영 씨도 그렇게 생각해?"

영수가 고개를 돌리지 않은 채 물었다.

소영은 살짝 눈을 감았다가 뜨며 대답했다.

"나도 정확히 뭔지는 잘 모르겠지만, 그냥… 이상한 예감이 들어요. 아버지의 말보다도… 사실은 어머니가 하신 말씀들이 요즘 자꾸 떠올라요."

"어머니가?"

"응. 전에 어머니가 그러셨잖아요.

'모든 사람이 죄를 범하였으매 하나님의 영광에 이르지 못하더니, 그리스도 예수 안에 있는 구속으로 말미암아 하나님의 은혜로 값없이 의롭다 하심을 얻은 자 되었느니라.'

그 말씀이 이상하게 마음에서 떠나질 않아요. 로마서 3장 23절 하고 24절. 그리고 나는 '은혜로 값없이 의롭다 하심을 얻은 자 되었느니라'라는 이 말씀이 믿어져요. 은혜가 아니라면 우리의 잘못을 무슨 방법으로 용서받을 수 있으며, 우리가 알게 모르게 짓은 죄를 속죄받을 수 있을까요?"

영수는 작게 숨을 내쉬었다. 말은 하지 않았지만, 표정이 조금 굳어졌다.

소영은 눈길을 창밖에 두며 조용히 말을 이었다.

"그때 어머니가 말씀하셨잖아요. 예수님은 모든 죄를 짊어지고 십자가에서 죽으셨다. 그걸 믿는 것만이 진짜 '자유'라고."

그녀의 목소리는 흔들리지 않았지만, 무엇인가를 가볍게 두드리는 것처럼 영수의 마음에 잔잔히 파고들었다.

"오늘 아버지 말씀을 들으면서 이상하게 어머니 생각이 자꾸 나요. '도적같이 온다'라는 그 말… 마치, 무언가 큰 변화가 이미 시작된 것처럼 느껴지거든요."

영수는 턱선을 따라 손가락을 쓸어내리며 낮게 말했다.

"불안한 거야. 어머니의 말도, 장인어른의 말도 결국엔 감정에서 출발한 거야."

그는 핸들을 조금 더 세게 쥐었다.

"우리는 감정보다 이성이 중요한 사람들이잖아. 세상은 그렇게 쉽게 무너지는 구조가 아니야. 우리 사회는 과학과 법, 통계로 작동되고 있어. 어머니의 말은… 음… 종교적 상징이야. 그런 상징에 너무 이입되지 마."

그러면서도 그의 눈동자는 잠시 흐트러졌다.

어머니의 목소리가 머릿속 어딘가에서 떠돌았다.

"데살로니가전서 4장 16절, 주께서 호령과 천사장의 소리와 하나님의 나팔로 친히 하늘로 좇아 강림하시리니…그리스도 안에서 죽은 자들이 먼저 일어나고.

17절, 그 후에 우리 살아 남은 자도 저희와 함께 구름 속으로 끌어 올려 공중에서 주를 영접하게 하시리니…."

영수는 머리를 가볍게 흔들었다.

"아니야. 이건 비이성적이야. 흔들리지 마. 이건 단지 감정일 뿐이야. 너는 숫자와 데이터로 세계를 보는 사람이야."

그는 입술을 굳게 다문 채 중얼거렸다.

"불확실한 직감이나 신앙이 아니라, 논리와 사실만이 현실을 설명할 수 있어. 우리가 통제할 수 없는 건 존재하지 않아. 사람이 설계했으니까."

소영은 그런 남편의 말에 한참 침묵하다가 조용히 말했다.

"그런데, 우리가 다 통제한다고 확신할 수 있어요?"

"당연하지."

영수는 짧게 대답했다.

소영은 미소를 머금었지만, 그 미소엔 어딘가 슬픔이 묻어 있었다.

"난 그렇게는 못 믿겠어요. 요즘은 오히려… 우리가 뭔가에 조용히 조종당하고 있는 기분이 들어요. 당신은 논리라고 말하지만, 논리 위에도 누군가의 의도가 깃들 수 있잖아요."

그 말에 영수는 아무 대답을 하지 않았다.

도시 전체가 마치 거대한 회로망처럼 질서정연하게 움직이는 듯 보였다.

"이게 내가 꿈꾸던 세상이잖아. 정확하고 예측할 수 있는 세계. 불필요한 감정 없이, 계획과 시스템으로 움직이는 세상."

그런데 왜….

장인의 눈빛이 떠오르는 걸까.

왜, 그 말이 머릿속에서 지워지지 않을까.

"우리는 더 이상 자유인이 아니라, 데이터의 공급원일 뿐이네. 이 모든 질서의 끝은 결국 하나로 수렴될 걸세. 손이나 이마에 표를 받으라고 요구할 것이야."

영수는 가만히 차를 멈췄다.

그의 손끝이 떨리고 있었다. 그 사실을 그는 인정하지 않으려 애 썼다.

소영이 그를 바라보며 다시 물었다.

"정말… 괜찮으세요?"

영수는 억지로 미소 지으며 고개를 끄덕였다.

"응, 괜찮아. 그냥 머리가 좀 복잡해서 그래. 별일 아냐."

그의 말은 여느 때처럼 논리적이고 단정했다.

그러나 그 속에 피어난 작은 균열은 이미 지워지지 않는 진실이 되어가고 있었다.

그리고 그는 직감했다.

자신이 만든 이 세계는 절대 완벽하지 않다는 것을….

이상 현상의 시작

강남에서 한강 대교로 진입하던 순간, 영수는 미세한 이물감을 느꼈다. 처음엔 무심코 넘기려 했다. 하지만 그것은 단순한 기분 탓이 아니었다.

차량 내부로 스며드는 공기가 마치 전자파에 간섭된 것처럼 서걱이는 듯했다.

피부에 닿는 바람은 없었지만, 팔에 소름이 돋았다. 정전기를 지나치게 많이 머금은 듯한 공기였다.

"… 지금, 느꼈어요?"

조수석에서 소영이 말을 걸었다. 평소와는 전혀 다른 어조였다.

말끝에 작은 떨림이 묻어 있었다.

"나만 그런 게 아니었군."

영수도 눈썹을 찌푸렸다.

소영은 가슴을 감싸안았다.

"무슨 기운이 갑자기 밀려왔어요. 안개도 아니고… 음, 뭔가 말로 설명할 수 없는 느낌이에요. 머리가 약간… 울려요."

영수는 시계를 흘끗 보았다. 오후 7시 37분.

계기판도 정상이었다. 속도, 엔진 온도, 연료량.

그러나 이성적인 데이터와 달리, 그의 심장은 뭔가 불길한 것을 예감한 듯 빠르게 뛰기 시작했다.

"아마 오늘 하루 종일 긴장해서 그런 걸 거야."

그는 일부러 차분하게 대답했다.

"식사 자리도 길었고, 어른들 얘기가 워낙… 무거웠잖아. 어머니도, 아버님도… 쉽게 넘길 말들이 아니었지."

소영은 고개를 끄덕였다.

"그래요. 그런 걸까요… 그런데, 왠지 그 이야기가 이 느낌과 연결된 것 같아서요."

그녀는 창밖을 바라보았다. 한강 다리 아래 검푸른 물살이 잔잔히 출렁이고 있었다. 한강 위로 반사된 도시의 불빛이 창에 부서졌다. 도시는 여전히 멀쩡해 보였지만, 무언가… 전혀 멀쩡하지 않았다.

바로 그때였다.

"……!"

모든 것이 순간적으로 사라졌다.

소리, 감각, 진동, 공기마저도.

차량의 창밖에 스쳐 지나가던 차들과 불빛도 마치 멈춘 듯, 정지된 화면처럼 고요해졌다.

"영수 씨… 지금, 뭐죠 이거?"

소영의 목소리조차 멀게 들렸다.

하지만 실상은 그 목소리조차 존재하지 않았다.

영수는 급히 브레이크를 밟았다.

차가 밀리듯 멈춰 섰고, 동시에 그의 시야가 왜곡되기 시작했다.

멀미? 아니다. 이건 단순한 신체 반응이 아니었다. 중력이 뒤틀리는 느낌으로 몸이 안으로 쏟아지는 듯한 깊은 압박감이 왔다.

"소영 씨, 괜찮아?"

그는 옆자리를 향해 몸을 돌리며 물었다.

그러나 돌아온 것은 대답이 아니었다.

소영은 눈을 감고 있었다. 하지만 그 표정은 잠든 이의 평온함과는 달랐다.

마치… 다른 세계의 무언가를 보고 있는 듯한 미묘한 미소가 떠올라 있었다.

"소영 씨? 소영 씨, 눈 떠봐. 지금 이상한 일이…."

그녀의 어깨를 붙잡으려 손을 뻗는 순간.

'스윽…'

빛이 흘렀다.

영수는 깜짝 놀라 손을 거둬들였다.

그의 눈앞에서 소영의 몸이 서서히 투명해지고 있었다.

팔꿈치부터 희미해졌다.

이어 손, 가슴, 다리… 점점 더 흐려지면서, 그녀의 윤곽이 사라지고 있었다.

그러나 이상하게도 그녀가 입고 있던 코트와 스카프는 형태를 그대로 유지한 채 그 자리에 남아 있었다.

"소영 씨! 안 돼, 이게 무슨…!"

영수는 소영의 이름을 불렀지만, 그의 목소리는 그 어떤 반향도 남기지 않았다.

침묵이 아니라 소리 자체가 존재할 수 없는 공간에 들어선 듯한 정적이었다.

그 순간, 소영이 마지막으로 입을 열었다.

"영수 씨…."

그녀의 목소리는 마치 공기와 함께 분해되어 흩어졌다.

"…사랑해요."

그리고 그것이 마지막이었다.

순간, 눈앞의 모든 것이 조용히 무너졌다.

소영의 몸은 완전히 사라졌다.

좌석 위에는 그녀의 코트와 스카프 그리고 안전띠가 그녀가 있던 자리를 정확히 유지한 채 남아 있었다.

그리고…

영수의 시선이 조수석 바닥으로 떨어졌다.

딸각.

무언가 작고 금속성 있는 소리가 들렸다.

그가 소영에게 선물했던 십자가가 달린 금목걸이.

그것이 조용히 떨어져 조수석 매트 위에서 천천히 흔들리며 멈췄다.

그 순간, 영수의 뇌리는 마비된 듯 멈췄고, 그의 입에서는 어떤 말도 나오지 않았다.

단지, 눈앞에 펼쳐진 믿을 수 없는 공백과 그 흔적들만이 이상 현상이 시작되었음을 말해주고 있었다.

혼돈의 세계

"이건…. 이건 말이 안 돼. 환각이야. 분명히 피곤해서 생긴 환각이야."

영수는 두 손으로 머리를 감싸 쥐었다. 그는 몇 초 동안이나 텅 빈 조수석을 바라보다가 천천히 고개를 돌렸다. 아무리 눈을 비벼도, 다시 봐도, 아내 소영의 모습은 어디에도 없었다.

"소영아? 장난치지 마. 제발…."

그가 떨리는 목소리로 중얼거릴 때, 차 안은 이상할 만큼 고요했다. 에어컨 송풍구에서 나오는 미세한 바람 소리만이 현실감을 간신히 유지해 주고 있었다.

그러나 그 고요는 오래가지 않았다. 차창 너머로 날카로운 비명이 들려왔다.

"사라졌어! 사람이 사라졌어!"

도로 위에 있던 사람들이 차 문을 열고 뛰쳐나오고 있었다. 어떤 이는 무릎을 꿇고 울부짖었고, 어떤 이는 하늘로 욕설을 퍼부었다. 영수도 자동적으로 문을 열고 밖으로 뛰쳐나왔다.

머리가 하얘졌다. 같이 차를 타고 가던 아내가 없어졌다.

몸이 부들부들 떨렸다.

"이게… 도대체 뭐야…."

도로 한가운데에 멈춰 선 차들이 줄지어 있었다. 엔진은 켜져 있었지만, 운전석에 아무도 없었다. 차 시트에는 사람의 형체를 유지한 채 옷만 남아 있었고, 안전띠는 그대로 채워진 상태였다.

한 중년 여성이 도로 옆에서 울부짖었다.

"제 남편이요! 내 눈앞에서 사라졌어요! 갑자기 빛이 나더니, 그냥… 없어졌어요!"

사람들은 서로를 붙잡고 공포에 질린 눈빛으로 주변을 둘러보았다. 누군가는 휴대폰으로 통화를 시도했지만, 네트워크는 불안정했고, 곳곳에서 신호음만 울렸다.

그때, 영수의 휴대폰이 진동과 함께 울렸다. 화면에는 '아버지'라는 이름이 떴다.

"아버지!"

"영수야! 무슨 일이야? 내 앞에 가던 버스 기사가 흔적이 없이 사라졌어! 버스는 앞차와 부딪쳤고 도로가 아수라장이야."

강영철 교수의 목소리는 떨리고 있었다.

"하나님 맙소사⋯. 저도 봤어요, 아버지. 도로 위가 난리예요. 사람들이 사라졌어요."

"소영이는? 소영이는 괜찮냐?"

"그녀도⋯ 사라졌어요."

잠시 정적이 흘렀다. 전화기 너머에서 들려오는 숨소리는 깊고 절박했다.

"영수야⋯. 어쩌면 이건⋯."

아버지의 목소리가 떨렸다.

"너희 어머니가 늘 말하던 그 일일지도 몰라⋯."

그 말이 끝나기도 전에 또 다른 전화가 걸려 왔다. 이번엔 장인 김길부 교수였다.

"영수! 소영이는? 소영이는 괜찮은가?"

"아니요, 아버님. 소영이도 사라졌습니다."

"이럴 수가⋯."

"그냥 빛이 번쩍하더니⋯. 아무 흔적도 없이!"

영수의 목소리는 거의 절규에 가까웠다.

"이건⋯ 대재앙이야. 과학으로 설명할 수가 없어."

영수는 차창 밖을 바라보며 중얼거렸다.

"아니야…. 이 현상은 설명할 수도, 받아들일 수도 없어."

도로는 사고 난 차들로 엉겨서 빵~ 빵~거리는 경적만 들릴 뿐 움직일 수가 없었다. 차는 도로 한복판에서 엉기고 사고로 뒤집혀 꼼짝도 할 수 없었다.

정신이 반쯤 나간 그는 부르짖으며 허우적거리는 다리로 어머니가 사시는 아파트 쪽으로 달리기 시작했다.

숨이 가빠왔지만 멈출 수 없었다. 머릿속에는 단 한 가지 생각만이 있었다.

"아이들…. 제발 무사해야 해."

엘리베이터를 기다릴 겨를도 없이 계단을 두 계단씩 뛰어올랐다. 12층에 도착했을 때, 그의 가슴은 터질 듯 뛰고 있었다.

"어머니! 지훈아! 수아야!"

현관문을 열자마자 정적이 그를 덮쳤다. 집 안은 너무 조용했다. 마치 시간마저 멈춘 듯했다.

거실에는 불이 켜져 있었고, TV에서는 아나운서의 비명 섞인 뉴스 보도가 중간에 끊긴 채 정지 화면으로 남아 있었다.

"전 세계적으로… 수많은 사람들이…."

그 문장이 채 끝나지 못하고 있었다.

소파 위에는 아이들이 읽던 동화책이 펼쳐져 있었다. 영수는 숨을 몰아쉬며 어머니의 방으로 향했다.

문을 열자, 그곳에는 믿을 수 없는 광경이 있었다. 침대 위에는 어머니가 입던 파자마가 마치 몸이 그대로 남아 있는 듯한 형태로 놓여 있었다. 주름 하나 없이 팽팽했고, 베개 위에는 아직 온기가 남아 있었다.

"어머니…."

그는 비틀거리며 어머니의 서재로 들어섰다. 방구석의 문틈 사이로 은은한 빛이 새어 나왔다. 문을 밀자, 펼쳐진 성경이 눈에 들어왔다.

책상 위에는 빨간 볼펜이 있었고, 그 밑에는 선명히 밑줄이 그어진 구절이 있었다.

보라 내가 너희에게 비밀을 말하노니 우리가 다 잠잘 것이 아니요 마지막 나팔에 순식간에 홀연히 다 변화하리니 나팔 소리가 나매 죽은 자들이 썩지 아니할 것으로 다시 살고 우리도 변화하리라.

그는 성경책을 덮지도 못한 채 멍하니 바라보다가, 옆의 가방을 발견했다. 어머니가 준비해 두었던 여행용 가방이었다. 안에는 어머니가 자주 읽으시던 쪽 성경, 현금, 그리고 가족사진이 차곡차곡 정리되어 있었다. 그중 맨 위의 사진 속에서 어머니는 평화롭게 웃고 있었다.

"어머니…. 정말 그걸 믿으셨군요. 그때 말씀하신 휴거… 그게 진짜였나요…."

영수는 털썩 주저앉았다. 눈물이 쏟아졌다. 하지만 아직 끝이 아니었다. 그는 마지막 희망을 붙잡고 아이들의 방으로 달려갔다.

문을 열며 외쳤다.

"지훈아! 수아야! 아빠 왔다! 제발 대답해라!"

방 안은 조용했다. 벽에는 별 모양 조명이 깜빡이고 있었고, 창가 커튼은 미세한 바람에 흔들리고 있었다.

지훈이의 침대 위에는 피카츄 잠옷이 그대로 있었다. 수아의 침대에는 분홍 토끼 잠옷이 가지런히 놓여 있었다. 두 옷 사이에는 아이들이 꼭 껴안고 자던 곰 인형과 토끼 인형이 나란히 놓여 있었다.

"안 돼…. 제발, 이건 꿈이야…."

영수는 무릎을 꿇고 지훈이의 잠옷을 만졌다. 따뜻했다. 아직 체온이 남아 있었다.

"지훈아…. 수아야…. 아빠 여기 있어…. 제발 대답 좀 해…."

눈물이 잠옷 위로 떨어졌다. 그 순간, 방 안 공기가 무겁게 가라앉았다.

그는 이성과 논리, 과학과 신념을 평생 의지해 왔지만, 과학으로 설명할 수 없는 현실 앞에 그의 가슴이 산산이 부서지는 듯했다.

그는 두 손으로 얼굴을 가리고 울부짖었다.

"이 세상이… 정말 혼돈에 빠졌구나…."

남겨진 자들의 충격

현관문 비밀번호가 덜컥 열리는 소리가 났다.

거친 숨소리와 함께 강영철 교수와 김길부 교수가 거의 뛰다시피 들어왔다.

두 노교수의 얼굴에는 핏기가 가신 듯 창백한 기색이 역력했고, 셔츠는 땀과 먼지로 범벅이었다.

"영수야!"

강영철 교수가 거의 비명을 지르듯 외쳤다.

"어머니는? 아이들은 어디 있냐? 다친 건 아니지?"

영수는 아무 말도 하지 못했다. 입술이 달싹거렸지만, 목구멍이 막힌 듯 소리가 나오지 않았다.

그저 고개를 돌려 아이들 방을 가리켰다.

두 노인은 서로 눈빛을 교환하더니, 거의 동시에 그 방으로 달려갔다.

잠시 후, 방 안에서 강영철 교수의 절규가 터져 나왔다.

"이게 뭐야… 이게 대체 뭐야!"

그는 지훈이의 잠옷을 두 손으로 붙잡고 흔들었다.

잠옷은 마치 아이가 그 안에 그대로 남아 있는 듯, 공중에서 형태를 유지하고 있었다.

"이건… 이건 물리적으로 불가능해! 이건 질량이… 사라졌잖아! 질량이 사라졌다고!"

"아버지….."

영수가 떨리는 목소리로 불렀다.

그러나 강 교수는 듣지 못한 듯 허공을 향해 외쳤다.

"질량보존의 법칙이 깨졌단 말이야! 에너지 보존도 안 맞아! 이건 테러야, 아니면…미지의 입자 붕괴? 과학연구소에서도 이런 현상은 보고된 적이 없어!"

그의 목소리는 점점 높아지더니, 마침내 무너졌다.

"말이 안 돼… 이건 과학이 아니야….."

그는 결국 지훈의 잠옷을 끌어안고 바닥에 주저앉았다.

손끝이 미세하게 떨렸다.

그의 머리 위로 형광등 불빛이 흔들리며 하얗게 번쩍였다.

창가 쪽에서 김길부 교수가 벽에 기대어 있었다.

그의 눈은 먼 곳을 응시하고 있었다. 마치 현실을 거부하듯 초점이 흐려져 있었다.

"도적같이….."

그가 거의 속삭이듯 말했다.

영수가 고개를 들었다.

"무슨 말씀이세요, 아버님?"

"이선화 여사가… 네 어머니가 말했었지."

김 교수가 낮게 중얼거렸다.

"도적같이 온다고…. 아무도 예상하지 못할 때, 값진 것만 가져간다고…. 그분은 정말 그걸 믿었어. 난… 바보처럼 웃어넘겼지."

그는 천천히 영수를 바라보았다. 눈가에는 피로와 후회의 그림자가 겹쳐 있었다.

"소영이는…?"

그 질문에 영수는 더 이상 말을 잇지 못했다.

고개를 천천히 저을 뿐이었다.

김 교수의 얼굴에 순간적으로 고통이 스쳤다.

그의 입술이 떨리며 소리가 새어 나왔다.

"내 딸도… 내 딸도 갔구나."

그는 두 손으로 얼굴을 가렸다.

"소영이가 한 번은 이선화 여사에게 들은 성경 말씀을 나한테 이야기했어.

'모든 사람이 죄를 범하였으매 하나님의 영광에 이르지 못하더니, 그리스도 예수 안에 있는 구속으로 말미암아 하나님의 은혜로 값없이 의롭다 하심을 얻은 자 되었느니라'라고.

우리를 의롭게 하신 이의 말씀처럼 우리가 의롭다고 하심을 믿어야 한다면서….

내가 그 아이의 신앙을 막았지. '허황한 소리 하지 말라'고. 그런데… 그게 진리였나 보구나…. 이선화 여사는… 알고 있었던 거야."

그때, 강영철 교수가 벌떡 일어섰다.

그의 눈은 충혈되어 있었고, 목소리는 분노로 떨렸다.

"그만둬! 지금, 이 상황에 그런 미신 같은 소리를 한다고?"

그는 김 교수를 향해 손가락을 내밀었다.

"무슨 휴거니, 뭐니, 그런 소리 집어치워! 이건 초자연적인 현상이 아니야! 반드시 과학적인 이유가 있어. 있어야 해!"

그러나 그 말은 점점 힘을 잃어갔다.

그의 목소리는 허공에 흩어졌고, 그 눈빛에는 두려움이 깊게 베어져 있었다.

그는 자신이 믿어온 세상의 틀이 무너져 내리고 있음을 직감하고 있었다.

"아버지…"

영수가 조용히 말했다.

"어머니 방에… 이상한 게 있어요."

그는 두 사람을 데리고 어머니의 서재로 향했다.

책상 위에는 여전히 성경이 펼쳐져 있었고, 그 한가운데에는 붉은 펜으로 그어진 문장이 있었다.

영수가 낮은 목소리로 읽었다.

"순식간에, 눈 깜짝할 사이에 변화하리니."

그는 책을 덮지 못한 채 그 구절을 오래 바라보았다.

"어머니가 남겨둔 건… 이 말뿐이었어요."

강 교수가 떨리는 손으로 책장을 넘겼다.

"이건… 비유일 뿐이야. 인간이 만들어낸 종교적 언어일 뿐이라고…"

그의 목소리는 점점 작아졌다.

그러나 눈빛은 이미 흔들리고 있었다.

김 교수는 고개를 숙인 채 낮게 말했다.

"이건 문학이 아니야. 실제야. 이선화 여사가 준비하고 있었던 걸 기억해? 가방에 성경, 현금, 가족사진…. 그건 도피가 아니라, 대비였어."

영수는 서랍에서 어머니의 여행 가방을 꺼내 들었다.

안에는 정말로 그 말대로 정리된 물건들이 있었다.

그 위에 놓인 가족사진 속 어머니의 미소는 놀랍도록 평온했다.

그는 사진을 바라보다가 중얼거렸다.

"왜… 왜 우리만 남은 거죠? 나는…."

그의 목소리는 점점 흩어졌다. "나는 버려진 건가요?"

김 교수가 천천히 다가와 그의 어깨에 손을 얹었다.

"영수야… 우리 모두 버려진 것이 아니고 남겨진 거야. 남겨진 자들이지. 이선화 여사가 말했던 환란이… 그게 이제 시작되는 거야. 우린 그 경고를 무시했어. 지식을 믿었고, 이성을 믿었지. 하지만 진리를 보지 못했어."

영수는 눈을 감았다.

밖에서 들려오는 소음이 점점 커지고 있었다.

사이렌 경적, 비명, 누군가의 울음소리….

세상 전체가 공포와 혼란의 소용돌이 속으로 빨려 들어가고 있었다.

그는 창가로 걸어갔다.

서울의 불빛은 여전히 반짝였지만, 그 빛은 더 이상 아름답지 않았다.

그는 낮게, 거의 자신에게 속삭이듯 말했다.

"저 불빛이… 마지막일지도 모르겠네요."

강 교수는 말없이 창밖을 바라보다가, 고개를 떨궜다.

김 교수는 두 손으로 성경을 쥐고 중얼거렸다. "이젠… 남은 자들이 살아야지. 그게 벌이라면, 감당해야겠지."

영수는 조용히 어머니의 책상에 앉았다.

그리고 어머니의 마지막 말을 떠올렸다.

"네가 믿었던 논리가 너를 구원하지 못한다는 걸, 언젠가 알게 될 거야."

그 말의 의미를 이제야 알았다.

그 순간이 지금이었다.

그는 숨을 내쉬며 낮게 중얼거렸다.

"이제야… 정말로 남겨진 자가 됐구나."

5장

혼돈의 아수라장

시작의 종말

세계는 그날도 평온했다.

가을 햇살은 맑았고, 공기는 맑았다.

서울 하늘 위로는 흰 구름이 천천히 흘렀고, 한강 다리 위에서는 연인들이 사진을 찍고 있었다.

아무도 몰랐다. 그 모든 평화가 인류의 마지막 일상이 될 줄은.

"오늘은 진짜 날씨가 끝내주네."

광화문 인근 도로에서 버스를 세차하던 김철수가 혼잣말했다.

그는 새벽 근무를 마치고 잠깐 쉰 뒤 다시 오후 교대를 준비 중이었다.

동료 운전사 박씨가 지나가며 농담처럼 말했다.

"철수 형, 오늘따라 기분 좋아 보이네. 복권이라도 샀어?"

"하하, 그런 거 안 해. 오늘은 그냥… 좀 기분이 좋네. 이상하게 마음이 편해."

"편해? 세상에 버스 운전하면서 편하다는 사람이 어딨어?"

"글쎄… 모르겠네. 그냥 오늘은… 뭔가 다 잘될 것 같은 느낌이
야."

그의 미소는 평화로웠다.

그날 아침, 그의 아내는 출근길에 "여보, 오늘은 꼭 같이 저녁 먹
어요"라며 손을 흔들었다.

그는 그 약속을 꼭 지키리라 마음먹고 있었다. 하지만 세상은 그
에게 그런 기회를 주지 않았다.

해가 넘어가면서 도시는 어둠에 물들고 있었다. 버스는 광화문
을 지나 시청 방면으로 순조롭게 달리고 있었다.

승객들은 피곤한 표정으로 스마트폰을 들여다보고, 한 중학생
은 이어폰을 낀 채 졸고 있었다.

"여행하시기에 참 좋은 날씨네요."

김철수가 정류장에서 탑승한 노인에게 인사했다.

"그렇지요, 젊은이. 요즘 보기 드문 좋은 날씨네요. 곧 추워질 텐
데."

"그러게요."

"오늘 같은 날엔 가족이랑 공원에 놀러 가야 하는데…"

"전 일해야죠."

"그게 세상이란 다 그런 거요. 그래도 일할 수 있을 때 일해야 지."

두 사람은 잠깐 웃었다.

오후 7시 37분.

버스 안에는 평화로운 공기가 흘렀다.

"다음 정류장은 광화문시장 앞입니다."

안내방송이 끝나자마자, 푸른빛이 번쩍였다. 아무도 그것을 정 확히 보지 못했다. 단지 한순간, 바람이 스친 듯하고, 어딘가에서 전류가 흐르면서 나는 음이 들렸을 뿐이었다.

그리고 운전석이 비어 있었다.

"운전사… 운전사가 사라졌어!"

첫 비명은 뒷좌석의 노인에게서 터져 나왔다.

모두가 고개를 돌렸을 때, 김철수는 그 자리에서 흔적도 없이 사 라지고 없었다.

운전석에는 유니폼만 가지런히 남아 있었고, 그의 커피잔은 여 전히 뜨거운 김을 내뿜으며 공중에 떠 있다가 바닥으로 떨어졌다.

탕!

커피가 흩뿌려지자, 승객들은 일제히 자리에서 일어났다.

"누가 운전대 좀 잡아요! 브레이크 밟아요!"

"운전사가 없어! 진짜 없어!"

"세상에… 이게 뭐야!"

버스는 시속 60km로 무인 질주하기 시작했다.

도심 한복판에서 붉은 신호등이 다가왔다.

운전대를 붙잡으려 한 남성이 앞으로 몸을 던졌지만, 버스는 이미 중앙선을 넘어가고 있었다.

"조심해요! 브레이크가 말을 안 들어요!"

"애들이 앞에 있어요! 제발 멈춰요!"

한 여성의 절규가 터지는 순간, 버스는 신호 대기 중이던 택시와 충돌했다.

콰직-!

유리가 산산조각 나며 파편이 공중을 흩날렸다.

"제발…제발!"

누군가 아이를 안고 몸을 웅크렸지만, 버스는 그대로 중앙분리대를 들이받으며 인도로 돌진했다.

그곳에는 쇼핑을 마치고 나오는 사람들, 손을 꼭 잡고 걷던 여인들, 유모차를 끄는 젊은 엄마, 그리고 어린이 여섯 명이 있었다.

청년 한 명이 반사적으로 외쳤다.

"아이들! 피해!"

그는 달려가 두 아이를 밀쳐냈지만, 자신은 그대로 버스의 범퍼에 부딪혔다.

꿍음과 함께 차체가 덜컹거렸고, 순식간에 아수라장이 되었다.

"살려주세요!"

"119 불러요! 제발!"

"운전사 어디 갔어? 운전사 어디 있냐고!"

도로 위에는 신발, 책가방, 부서진 유모차가 뒤엉켰다.

사람들의 비명과 경적이 겹치며 도시의 공기를 찢었다.

그러나 이건 단 한 건의 사고가 아니었다.

같은 시간, 서울 전역에서 같은 일이 벌어지고 있었다.

지하철 기관사, 항공기 조종사, 고속도로 버스 운전사, 심지어 수술 중인 외과의까지 수천 명이 동시에 사라졌다.

열차가 터널을 빠져나오던 그 순간, 기관사가 사라졌다.

"어? 기관사님? 기관사님!"

종합 관제센터 담당자의 외침이 터지기도 전에, 열차는 그대로 서울역을 지나쳤다.

기관실 문이 열리고, 승객들이 패닉 상태에 빠졌다.

"멈춰요! 누가 멈춰요!"

그러나 아무도 제어할 수 없었다.

몇 초 뒤, 열차는 앞서 지나간 열차를 들이받으며 궤도를 이탈했다.

철제 파편이 날아들고, 비명과 울음이 교차했다.

"엄마! 엄마!"

"여기 사람 깔렸어요! 제발 도와주세요!"

서울의 심장이 무너지고 있었다.

지하철 1호선에서만 500명 이상의 사상자가 발생했다.

도로, 공항, 병원, 발전소 어디서나 비슷한 참극이 반복되고 있었다.

그 시각, 하늘에서는 비행기들이 자동 조종 장치만으로 비틀거리며 비행하고 있었고, 항공 교통 관제탑은 혼란에 빠졌다.

도시는 붕괴 중이었다.

그리고 사람들은 아직 알지 못했다.

이것이 단순한 재난이 아니라, '선택'의 시작이라는 것을….

이상한 일들

"한국항공 907편, 이륙 허가합니다. 활주로 33R. 좋은 비행 되세요."

이민수 기장이 헤드셋을 걸고 부기장을 바라보며 박수를 받았다.

"좋아, 은주. 이제 뉴욕까지의 긴 여정 시작이군. 모든 체크리스트 다시 한번 확인하여 주겠어요?"

부조종석에 앉은 정은주 부기장은 모니터를 정밀하게 점검하며 되뇌었다.

"연료량 – 정상, 오일 압력 – 정상, 엔진 출력 – 정상, 비행 계통 모든 게 정상적으로 작동하고 있어요, 기장님."

그러나 그의 대답이 끝나자마자, 이민수의 눈앞에서 정은주의 목소리가 갑자기 끊겼다. '쉬이이익–' 하는 정전기 소리와 함께 그녀의 모습이 희미한 푸른 빛을 스치고 사라져 버린 것이다.

"은주? 은주?! 어, 어디 간 거야?"

이민수는 당황하여 부조종석을 더듬었지만, 아직 따뜻한 온기만이 남아 있을 뿐이었다. 그의 목소리가 높아지기 시작했다.

"관제탑, 관제탑! 여기는 한국항공 907, 비상 상황입니다! 부기장이… 눈앞에서 사라졌어요! 사람이 흔적도 없이 증발했습니다!"

헤드셋 너머에서 희미하게 들려오던 관제사의 목소리는 점점 잡음으로 변해 갔다.

"…907편, 말씀… 다시 한번… 확…"

"관제탑! 통신 상태가 나빠지고 있어! 답변하라, 제발!"

그러나 그의 절규에도 지상의 응답은 완전히 끊겨버렸다. 그는 창밖을 내다보며 혼잣말을 내뱉었다.

"맙소사… 이 큰 비행기를 혼자 어떻게 몰아…."

한편, 인천 공항 상공에서는 착륙을 준비하던 우주아나 항공 612편이 요동치고 있었다.

"기장님! 조종간이 안 잡혀요!"

"조용히 해! 최대한… 최대한 활주로에…."

두 조종사의 대화는 그대로 중단되었다. 조종석이 텅 비어버리자, 거대한 항공기는 힘을 잃은 채로 고개를 숙여 인근 주차장을 향해 곤두박질치기 시작했다.

지상에서 이를 목격한 한 공항 직원이 두 손으로 머리를 움켜쥐며 비명을 질렀다.

"저 비행기! 맙소사, 저 비행기가 추락한다! 모두 피해…!"

'쿠웅!!!'

천지를 진동하는 충돌음과 함께 화염의 거대한 파도가 일렁였다. 200대가 넘는 차량과 289명의 생명을 순식간에 삼켜 버린 그 불길 속에서, 공항 전체를 뒤흔드는 비상 사이렌만이 처절하게 울려 퍼졌다.

한국병원 8층 수술실. 무균 상태를 유지하는 공기 속에서 김지훈 교수의 차분한 목소리가 흘러나왔다.

"메스."

그는 손을 내밀며 말했다.

"좋아, 지금 종양을 확인하고 있습니다. 환자 나이 58세, 위암 3기, 종양 크기는 약 3cm로 보입니다. 주변 림프절을… 으악!"

'찰랑.'

금속이 멸균 바닥에 떨어지는 소리와 함께 메스가 김 교수의 손에서 떨어졌다.

"선생님? 선생님, 괜찮으세요?"

담당 간호사가 놀라서 외쳤지만, 고개를 들자 김 교수의 자리는 이미 비어 있었다. 희미한 빛만이 공중에 스치고 있을 뿐이었다.

"선생님?! 선생님이 사라지셨어요! 어디로 가신 거죠?!"

수술실 안의 모든 의료진이 얼어붙었다. 수술실의 천장에 달린 '무영등' 조명 아래 복강이 열린 채로 방치된 환자의 몸만이 무시무시하게 드러나 있었다.

1분, 2분⋯ 참을 수 없는 침묵이 흘렀다.

"지금 이러고 있을 때가 아니야!"

가장 어렸던 레지던트 박 선생이 앞으로 달려 나와 외쳤다.

"지혈부터 빨리하세요! 빨리! 환자 혈압이 떨어지고 있어요!"

그는 필사적으로 손을 움직이며 지혈을 시도했지만, 그의 손은 경험 많은 김 교수보다 너무나도 어려 보였다.

"제발, 제발 심장만은⋯! 환자 심장 박동수 급감합니다! 쇼크 상태 진입! 제발! 누구라도 도와주세요!"

레지던트의 필사적인 심장 마사지에도 심전도 모니터의 '삐––' 하는 평탄한 소리는 더 이상의 희망을 허락하지 않았다.

병원 전체가 같은 혼란에 빠져들었다. 12개의 수술실 중 2개실에서 주치의가 증발했고, 중환자실에서는 인공호흡기를 관리하던 의사가 사라지는 바람에 환자들이 숨을 헐떡이기 시작했다.

5병동 산부인과 의사 이수영이 갑자기 울려 퍼지는 비상 사이렌 소리에 고개를 들었다.

"무슨 사이렌 소리지? 화재?"

그녀가 창밖을 내다보자, 도시 곳곳에서 피어오르는 검은 연기가 보였다.

"아니, 저건… 교통사고 연기가 아니야. 동시다발적으로 사고가 났다는 거야? 대체 무슨 일이 벌어지고 있는 거지?"

그 순간, 그녀의 스마트워치가 '따르르르' 진동하며 긴급 경보를 띄웠다.

"국가 비상사태 선언. 모든 의료인은 소속 병원으로 즉시 복귀하세요."

"국가 비상사태라고?"

경보를 읽기도 전에, 그녀의 눈앞에서 침대에 누워 있던 임산부 환자가 희미한 빛을 남기며 사라져 버렸다.

"……!!"

이수영은 너무나 충격에 휩싸여 그 자리에 주저앉을 뻔했다. 그녀는 본능적으로 자신의 배를 감쌌다. 임신 6개월째인 그녀의 몸속에서 새로운 생명이 꿈틀거리고 있었다.

"안 돼… 이건 현실이 아니야. 사람이 그냥 사라질 수는…"

그녀의 몸이 멈추지 않고 떨렸다. 이 불가사의한 공포 속에서, 그녀는 자신의 몸과 아이를 지켜야 한다는 절박함에 공포와 당황이 교차했다.

원자력 본부 중앙 상황실. 벽면을 가득 채운 대형 모니터들이 하나둘씩 위험을 알리는 붉은색으로 물들기 시작했다.

"보고합니다!"

"성월 2호기에서 근무 중이던 기술자 세 분이 동시에 사라졌습니다!"

제어실에서 김성훈 책임연구원은 방금까지 동료들이 앉아 있던 빈 의자를 멍하니 바라보며 중얼거렸다.

"대체… 이게 무슨 일이야? 사람이… 사람이 증발하다니…."

갑자기, 제어실을 뒤흔드는 경보음이 공포를 가중했다.

"책임님! 냉각 시스템 압력이 급강하하고 있습니다! 1차 냉각재 순환 펌프가 멈췄어요!"

젊은 엔지니어가 비명에 가까운 목소리로 외쳤다.

김성훈은 제어판으로 달려가며 제어실이 울리도록 외쳤다.

"비상 발전기 가동! 예비 전원으로 전환! 어서!"

그러나 모니터에 떠오른 수치들은 냉담하게도 붉은색 위험 마크가 표시된 수위를 향해 치닫고 있었다.

"원자로 노심 온도, 400도 돌파! 450도… 500도로 접근 중입니다! 격납고 내부 압력이 한계치를 넘어섭니다! 방사능 차폐벽에 무리가 갈 수 있어요!"

그때, 김성훈의 스마트폰이 '딸랑' 소리를 냈다. 화면에는 그의 딸, 9살 난 지현이에게서 온 문자가 도착해 있었다.

"아빠, 너무 무서워. 학원 선생님들이 다 사라졌어. 애들도 계속 사라져. 아빠, 빨리 와."

"지현아…."

김성훈은 잠시 눈을 감았다. 딸의 울먹이는 얼굴이 선하게 그려졌다. 학원에 혼자 갇힌 그의 어린 딸… 그리고 곧 폭발 직전에 이른 이 거대한 원자로….

그는 깊은숨을 들이마시고, 제어실에 남은 직원들을 향해 단호한 목소리로 명령했다.

"모두 즉시 비상 대피 프로토콜에 따라 대피하세요. 서두르세요."

"책임님은요?"

"나는 남는다."

김성훈은 이미 방호복을 입으며 제어판 앞으로 걸어갔다.

"이걸 혼자 두고 갈 수는 없어. 지금 가면, 이 나라 전체가 위험해진다."

그는 홀로 거대한 제어실에 남아, 미친 듯이 변하는 수치와 싸우기 시작했다. 그의 손가락은 필사적으로 키보드를 두드렸고, 눈에는 딸을 향한 그리움과 자신의 운명에 대한 결의가 스며들어 있었다.

남겨진 자들의 각성

'세계는 한순간에 조각났다.'

강영수는 어머니의 아파트에서 충격에 빠져 창밖을 응시하고 있었다. 불과 몇 시간 전만 해도 완벽하게 작동하던 서울의 거리는 이제 완전한 혼란에 빠져 있었다.

길거리는 차들이 충돌로 뒤엉켜 쓰레기 더미가 되어 버렸고, 곳곳에서 희미한 불빛과 함께 폭발음이 들려오고 있었다. 그러나 그의 마음은 외부의 혼란보다도 내부의 공허함에 더 깊이 빠져들고 있었다.

이 모든 것이 단지 몇 시간 만에, 순식간에 일어났다.

"어머니는… 구원을 받으셨군요."

영수의 목소리는 공허하게 막힌 듯했다. 공중에 흩어져 사라진 그 희미한 빛의 기억이 아직도 선연했다.

"정말로… 휴거되셨다니. 그 수많은 날, 어머니의 기도가… 이렇게 응답할 줄은."

강영철 교수는 소파에 웅크린 채 고개만 저었다. 그의 평생을 지탱해 온 이성의 세계가 무너지는 소리가 들리는 것만 같았다.

"말도 안 돼… 물리 법칙이… 인과율이… 모두 무너졌어. 내가 평생 가르치고 믿어왔던 모든 것들이… 한순간에 무의미한 잔해가 되어버렸어."

김길부 교수는 창가에 서서 흐느끼는 도시를 바라보았다. 그의 눈가에는 깊은 후회의 주름이 패 있었다.

"이선화 여사… 당신이 옳았소. 우리가 눈이 멀었소. 당신이 우리 집에 오실 때마다 선하던 그 말씀, 그 진리를… 우리는 오만하게 '잘못된 신앙'이라 치부했소."

그의 목소리가 떨렸다.

"당신의 말을 들어야 했는데… 그때 한 번이라도 진지하게 귀를 기울여야 했는데."

거리에는 요란한 구급차 사이렌 소리가 그치지 않았다. 사람의 힘으로 통제할 수 없는 현상이 동시다발적으로 발생하자 강영수는 비로소 현실을 받아들이기 시작했다.

그는 서재로 들어가 어머니가 항상 놓아두시던 낡은 성경책을 손에 들었다. 표지의 각인된 십자가가 그의 손바닥에 익숙한 감촉을 전했다. 그는 그 책을 들고 거실로 나왔다.

"아버지, 장인어른."

영수의 목소리에 이전과는 다른 단호함이 깃들어 있었다. 공포와 혼란을 뚫고 나오는 어떤 결의가 느껴졌다.

"어머니는 구원을 받았습니다. 소영이와 아이들도… 모두 들림을 받았습니다. 우리 눈앞에서, 우리가 '불가능'이라고 믿었던 그 일이, 실제로 일어났습니다."

강영수 교수는 천천히 고개를 들었다. 그의 눈에는 여전히 믿을 수 없다는 표정이 가득했지만, 이제는 그 허탈함 속에서 무언가를 찾으려는 안간힘도 보였다.

"그런데… 우리는 왜 남은 거지요? 우리가… 버려진 건가요? 우리의 인생이, 우리의 지식이… 하늘 앞에서 거부당한 것인가요?"

김길부 교수가 깊고 긴 한숨을 쉬었다. 그는 창밖의 혼란에서 시선을 돌려 영수를 바라보았다.

"아니, 그 반대라고 생각해. 강 교수, 우리에게는 아직 기회가 남아 있는 거야. 이선화 여사가 항상 말하지 않았는가? 7년 환란시대 가운데도 마지막 회개의 기회가 주어진다고."

영수는 고개를 끄덕이며 어머니가 밑줄치고 메모로 가득 채워놓았던 페이지를 펼쳤다. 그의 목소리가 조용하지만 확고하게 울려 퍼졌다.

"어머니가 자주 말씀하셨던 요한계시록 20장 4절입니다.

…또 내가 보니 예수의 증거와 하나님의 말씀을 인하여 목 베임을 받은 자의 영혼들과 또 짐승과 그의 우상에게 경배하지 아니하고 이마와 손에 그의 표를 받지 아니한 자들이 살아서 그리스도와 더불어 천 년 동안 왕 노릇 하니."

그는 책에서 눈을 떼고 아버지와 장인을 번갈아 보았다.

"이제 우리가 봐야 할 것은 뒤가 아닙니다. 우리가 왜 남았는지에 대한 후회나 원망이 아니에요. 이 엄청난 혼돈 속에서… 우리에게 주어진 의미를 찾아야 합니다. 우리가 살아남은 이유를."

창밖에서는 여전히 비명과 사이렌 소리 그리고 드문드문 들려오는 총성이 밤공기를 가르고 있었다. 그러나 이제 그 소리는 단순한 공포의 함성이 아니라 깨어나야 할 종소리처럼, 새로운 시대의 시작을 알리는 경보처럼 영수의 귀에 들렸다.

"아버지, 장인어른."

영수가 다시 입을 열었다. 그의 눈빛에 확신이 스며들고 있었다.

"우리에게는 지금 세 가지 선택이 있습니다. 절망에 빠져 스스로 목숨을 끊는 것, 아니면 야만적으로 남을 짓밟으며 살아남으려는 것…."

그는 잠시 멈추고 손에 쥔 성경을 들어 보였다.

"아니면… 이 사건의 의미를 찾아, 이 성경의 말씀을 등대로 삼아 새로운 길, 더 높은 길을 걷는 것입니다."

그 순간, '퍼억' 하는 소리와 함께 아파트 전체의 전등이 깜빡이더니 완전히 꺼져버렸다. 온 방 안이 짙은 어둠에 잠겼다. 하지만 영수의 마음에는 오히려 막혔던 무언가가 터져 나오는 것 같았고, 그 안에 빛이 들어오는 것만 같았다.

"보십시오."

영수가 어둠 속에서 속삭이듯 말했다.

"어머니가 남긴 이 성경… 이게 우리의 유일한 등불입니다. 이 세상의 빛이 모두 꺼져도, 이 말씀의 빛은 꺼지지 않습니다."

그들은 아무 말 없이 촛불 하나를 켜고 식탁에 모여 앉았다. 작은 불꽃이 그들의 노련하고도 피로에 짓눌린 얼굴에 춤추었다.

세 명의 지식인 – 자연법칙을 신봉하던 과학자, 인간의 이성을 신뢰하던 두 경제학자가, 자신들의 모든 지식과 체계가 무너져 내린 완전히 새로운 현실 앞에 겸허하게 마주 앉아 있었다.

창밖, 도시의 마지막 불빛들이 하나둘씩 꺼져가고 있었다. 그러나 그 어둠 속에서, 세 남자의 마음속에는 그 길이 험난하고 예측할 수 없을지라도 새로운 신앙과 새로운 소명의 빛이 막 피어오르고 있었다.

6장

그림자 정부와 짐승의 표

거짓된 평화

휴거 사건 발생 72시간 후, 세계는 깊은 상흔과 극심한 혼란 속에 빠져 있었다. 도시는 여전히 연기와 비명으로 가득했고, 길거리에는 주인 잃은 차들과 통제 불가능한 폭력이 난무하고 있었다.

그러나 놀랍게도 각국 정부는 이 엄청난 사건에 대해 경이롭도록 통일된 입장을 발표하기 시작했다. 그들의 설명은 비록 충격적이었지만, 혼란에 빠진 많은 이들에게 마치 '구원의 끈'처럼 여겨졌다.

"시민 여러분, 지난 72시간 동안 우리를 뒤흔든 사건은 지구를 오랫동안 관찰해 온 매우 발달한 외계 문명의 개입 때문입니다."

미국 대통령이 텔레프롬프터를 응시하는 눈빛은 단호했지만, 그 이면에 흐르는 불안을 완전히 감추지 못했다.

"그들은 우리 중 특정 인구 집단을 '보호' 명목으로 데려갔습니다. 이는 어떤 형태의 적대적 행위도 아닌, 한 우주 문명의 윤리적 결정으로 봐야 합니다."

이 발표는 전 세계로 동시 중계되었고, 한국 정부를 비롯한 주요국 정부도 거의 비슷한 표현의 성명을 잇달아 발표했다. 그러나 그 화려한 언변의 이면에는 완전히 다른 음모가 은밀하게 움직이고 있었다. 백악관 지하 깊은 곳에 있는 최첨단 상황실에서는 고위 관료들과 군부 인사들이 모여 긴급회의를 계속하고 있었다.

"국민은 이 혼란의 원인에 대해 설명을 원합니다. 그리고 우리는 그들에게 그럴듯한 설명을 해주어야죠."

한 고위 정보국 관계자가 테이블을 두드리며 말했다.

"외계인 납치설은 대중 공황을 막는 현재로서는 가장 '합리적인' 방법입니다. 수백만의 사람들이 '신'에 의해 선택받아서 들림을 받았다는 사실은 결코 알려져서는 안 됩니다. 그것은 기존 질서의 완전한 붕괴를 의미합니다."

정부의 공식 발표가 있었던 직후, 전 세계 언론은 마치 지시를 받은 듯 집중적인 세뇌 캠페인에 돌입했다. 주요 뉴스 채널에서는 매일 같이 각 분야의 전문가들을 동원해 '데려간 자들'에 대한 분석을 끊임없이 보도했다.

"데려간 것으로 확인된 대부분의 사람은 사회 부적응자나 정신적 불안정성을 보인 이들입니다."

인기 있는 TV 토크쇼에 출연한 한 저명한 심리학자는 자신감 넘치는 목소리로 주장했다.

"통계를 보면, 그들은 대인관계에 어려움을 겪거나 극단적인 사고방식을 가진 경우가 많았어요. 어쩌면 이것은 오히려 우리 사회를 정화하고 더 건강하게 재건할 수 있는 계기가 될 수 있습니다."

정부와 여론을 주도하는 세력은 점차 '데려간 자들'에 대한 이미지를 '쓸모없고 위험한 존재들'로 조장하기 시작했다.

한 유력 신문의 1면 보도 자료에는 이런 문구가 두드러지게 실렸다.

그들은 우리 사회의 발전을 저해하는 부담스러운 요소들이었습니다.

이제 우리는 더욱 순수하고 강력하며 효율적인 문명을 건설할 기회

를 얻었습니다.

이러한 정부의 체계적인 조작 행위는 사실 새로운 것이 아니었다. '월스트리트저널'의 폭로적인 보도에 따르면, 미 국방성은 냉전 시대부터 첨단 무기 및 심리전 실험을 은폐하기 위해 의도적으로 UFO와 외계인 음모론을 유포해 왔다. 수많은 공군 관계자와 협

력업체 연구원들은 '양키 블루' 계획이라는 이름으로 가짜 브리핑을 수십 년간 지속적으로 제공받아 왔는데, 이는 외계 기술을 역설계하는 것처럼 위장한 최첨단 군사 프로젝트의 실체를 감추기 위한 것이었다.

이제 이 오랜 거짓말 시스템이 한층 더 강력하게 가동되고 있었다. 소셜 미디어 플랫폼에서는 '데려간 자들'을 비하하는 소문이 빠르게 퍼져나갔고, 그들의 가족들은 수치심과 망연자실 속에 사람들을 피해야만 했다.

정부는 '새로운 시작을 위한 위원회'를 설립하고, 남은 자들만으로 사회 시스템을 재구성하는 작업에 박차를 가했다. 진실을 의심하는 목소리는 '음모론자' 또는 '사회 불안정 분자'라는 낙인이 찍혀 점차 사라져갔다. 모든 것이 계획된 대로 조용히 그러나 확고하게 진행되고 있는 듯 보였다.

통합정부연합(GUA)의 등장

휴거 사건으로 인한 전 세계적 혼란 – 교통마비, 의료 시스템 붕괴, 원자력 발전소 중단 위기 – 은 각국 정부로 하여금 초국가적 기구인 통합정부연합(Global Union Alliance, 이하 GUA)의 설립을 촉진하는 결정적 배경이 되었다.

국가 간의 경계는 무너졌고, 기존의 정치 체제는 더 이상 거대한 도전을 해결할 수 없다는 것이 명백해졌다.

GUA는 놀라운 속도와 효율성으로 세계의 주요 기능들을 장악했다. 그들은 모든 문제의 해결사처럼 등장하며, 공포를 초래한 단체를 척결하고 무질서한 세계에 질서를 이른 시일 안에 회복하겠다고 약속했다.

GUA의 초대 의장, 조나단 크라이거는 전 세계에 생중계된 연설에서 단호한 어조로 이렇게 선언했다.

"더 이상의 혼란은 용납될 수 없습니다. 우리는 인류의 생존과 번영을 위해 필요한 모든 조치를 단호히 취할 것입니다. 이제 우리는 하나의 인류로서 함께 나아가야 할 때입니다."

첫 번째 주요 조치로 GUA는 '인류 보안 카드(Human Security Card)' 도입을 발표했다. 이것은 모든 시민에게 발급되는 생체 인식이 내장된 카드로, 식량 배급부터 의료 서비스, 금융 거래, 심지어 거주지 이동 허가까지 모든 사회적 활동의 핵심이었다.

"이 카드는 여러분의 안전을 보장합니다."

GUA의 공보관은 미디어 브리핑에서 카드를 들어 보이며 차분하게 설명했다.

"모든 개인의 건강 기록, 신원 정보, 학력, 재산 현황, 사회적 점수가 이 카드 하나에 통합 저장됩니다. 이를 통해 우리는 효율적인 자원 배분은 물론, 범죄를 예방하고 사회의 전반적인 안정을 유지할 수 있습니다."

GUA의 발표가 있던 날 밤, 강영수는 어머니의 아파트 거실에 앉아 오래된 요한계시록 강해 설교 영상을 다시 보며 가슴을 쳤다. 화면 속 오명창 목사의 목소리는 엄숙하게 울려 퍼졌다.

"여러분, 요한계시록 13장 16절부터 18절을 함께 보겠습니다. 저가 모든 자 곧 작은 자나 큰 자나 부자나 빈궁한 자나 자유한 자나 종들로 그 오른손에나 이마에 표를 받게 하고 누구든지 이 표를 가진 자 외에는 매매를 못 하게 하니 이 표는 곧 짐승의 이름이나 그 이름의 수라 지혜가 여기 있으니 총명 있는 자는 그 짐승의 수를 세어 보라 그 수는 사람의 수니 육백육십육이니라.

여기서 말하는 '표', 곧 짐승의 표는 단순한 물리적 표식이 아닙니다. 그것은 그 짐승, 적그리스도의 체제에 완전히 종속되고, 그의 권위에 절대적으로 복종하는 영적 배도의 상징입니다."

영수는 이 말씀을 듣고 정신이 번쩍 들었다. TV 화면 속 GUA 공보관의 미소 뒤에 숨겨진 의도가 선연하게 다가왔다. 정부와 GUA가 끊임없이 강조하는 '편리함'과 '안전'이 실은 인간의 자유의지를 서서히 빼앗고, 궁극적으로는 하나님께 대한 신앙을 배반하도록 만드는 거대한 함정이 아닌가 하는 깊은 의문과 공포가 밀려왔다.

그는 즉시 아버지 강영철과 장인 김길부를 불렀다. 작은 식탁에 둘러앉은 세 남자의 얼굴은 긴장으로 가득했다.

"아버지, 장인어른, 우리가 늘 의심하고 두려워했던 것이 지금 현실이 되고 있습니다."

영수의 목소리는 떨리면서도 결의로 가득했다.

"GUA의 그 카드는… 어머니가 생전에 마지막까지 경고하셨던 바로 그 짐승 표의 시작입니다. 편리함이라는 이름으로 '인류 보안 카드'를 받아들이는 것은 아무런 거부감 없이 손등이나 이마에 짐 승의 표를 받게 될 것입니다."

강영철 교수는 여전히 회의적인 표정을 지으며 고개를 저었다.

"영수야, 그건 지나친 비약이 아니냐? 우리는 지금 전례 없는 무 정부 상태의 혼란을 막기 위한 필요 조치의 과정을 보고 있는 거 야."

강영철 교수는 깊은 눈빛으로 아들을 바라보며 목소리를 낮추 었다. 그의 눈에는 오래된 상처처럼 아련한 공포가 스쳤다.

"너는 그때를 너무 어려서 기억하지 못하겠지만…. 내가 겪었던 그 무정부 상태의 혼란을 말이다."

그는 창밖을 바라보며 과거를 떠올리는 듯한 표정을 지었다.

"길거리에 시체가 방치되고, 약탈자들이 낮에도 당당히 다니던 때가 있었단다. 한 줌의 쌀을 위해 사람이 사람을 해치던 시절. 그 때는 정말…. 법과 질서라는 게 존재하지 않았지."

강영철은 떨리는 손을 모아 무릎 위에 올려놓았다.

"그 혼란 속에서는 오히려 가장 야만적인 자들이 권력을 잡게 마 련이야. 그때 우리를 구원한 건 강력한 중앙 정부의 등장이었어. 비록 불완전했지만, 그래도 그들이 가져온 질서가 없었다면 우리는 모두 죽었을 거야."

그는 아들을 똑바로 바라보며 목소리를 가다듬었다.

"지금, 이 상황, GUA의 통제가 그때와 너무나 유사하게 느껴진다. 물론 그들의 방법이 과격하게 보일 수 있지만, 지금 이 절체절명의 위기에서 문명의 붕괴를 막기 위해서는 어쩔 수 없는 선택일 수도 있다."

강영철의 목소리에는 생존자의 고통이 서려 있었다.

"가끔은 독재라는 악마가 무정부 상태의 혼돈보다 나은 선택일 때가 있단다, 영수야. 우리는 그 사실을 뼈아프게 경험했지."

그러나 김길부 교수는 깊은 고민에 잠겨 잠시 침묵하더니 무거운 목소리로 입을 열었다.

"영수의 말이 맞을지도 모르겠다. 내가 예전에 정부와 대기업이 손바닥에 칩을 이식하라고 요구하는 시대가 올 것이라고 경고했었지. 이 보안 카드는 그 첫걸음이야. 요한계시록 13장 17절과 18절이 분명히 말하고 있지 않은가.

'누구든지 이 표를 가진 자 외에는 매매를 못 하게 하니' 그리고 그 표는 '짐승의 이름이나 그 이름의 수' 즉 '육백육십육'이라고.

지금 GUA가 만드는 이 세상, 이 보안 카드 없이는 아무것도 사고팔 수 없는 생존 자체가 불가능한 세상이 바로 그 예언이 성취되는 모습이 아니고 무엇이겠느냐?"

　그의 말에는 경제학자다운 분석과 동시에 깊은 우려가 서려 있었다.

깨어나는 자들

다음 날, 새벽 어스름이 창문 사이로 스며들 무렵, 영수는 잠 못 이루는 밤을 지낸 탓인지 눈이 붉게 충혈되어 있었다. 그는 불안한 마음을 안고 무거운 노트북 뚜껑을 열었다. 부스럭거리는 키보드 소리만이 새벽 적막을 깨고 있었다.

그는 일반 검색엔진으로는 절대 닿을 수 없는 인터넷의 그림자 같은 공간을 헤매고 있었다. 표면 웹 아래로 숨겨진 수많은 암호화된 문턱을 넘어, 그는 '토르' 브라우저를 통해 디지털 심해로 잠수하고 있었다.

수 시간의 방황 끝에 그는 마침내 '깨어남'이라는 이름의 커뮤니티에 도달했다. 접속하기까지 수십 번의 암호 확인과 위장된 로그인 절차를 거쳐야 했고, 한 번의 실수가 즉시 추적으로 이어질 수 있다는 경고 문구가 번뜩였다.

화면에 나타난 '깨어남' 커뮤니티는 영수에게는 하나의 생명선이자 동시에 충격 그 자체였다. 그곳은 전 세계에서 흩어져 있던 '남겨진 자들'이 모여, 각자의 위치에서 입수한 GUA의 움직임을 경고하고, 생존을 위한 정보를 나누며, 서로의 두려움과 고통을 위로하는 디지털 산실이었다.

영수는 한 통의 게시글을 클릭했다. '통합생명칩의 숨겨진 기능에 대한 분석'이라는 제목 아래, 그가 두려워했던 기술적 세부 사항이 고스란히 드러나 있었다.

또 다른 게시글에는 칩을 거부하다 사라진 이들의 명단이 올라와 있었고, 어느 지역에서는 공개 처형이 자행되었다는 생생한 증언들이 이어졌다. 각국의 뉴스에서는 결코 볼 수 없는 감춰진 진실의 파편들이었다.

그는 마우스를 움직이는 손가락이 떨리는 것을 느꼈다. 아버지의 말이 틀렸다는 것이 아니라, 그가 보지 못한 혹은 보려 하지 않은 더 음습한 현실이 이곳에 도사리고 있었다.

이 디지털 암흑 속에서 영수는 비로소 자신이 혼자가 아니라는 것을 깨닫는 동시에 그 사실이 주는 막막한 두려움과 미약한 위로를 동시에 마주하게 되었다.

한 익명의 사용자가 올린 글이 영수의 시선을 사로잡았다.

"GUA가 강제하는 '인류 보안 카드'는 단순한 정책이 아닙니다.

이것은 요한계시록 13장의 예언과 정확히 일치하는 짐승의 표 시스템의 서막입니다. 그들은 편의와 안전이라는 핑계로 우리의 신앙과 자유를 앗아가려 합니다. 우리는 이 불의한 시스템에 단호히 저항해야 합니다.”

커뮤니티에는 각종 내부 자료와 증언들이 쏟아져 들어오고 있었다. 한 내부고발자는 GUA가 현재의 카드시스템을 거쳐 조만간 피부 아래에 이식하는 생체 칩을 도입할 계획이라고 폭로했다. 모든 것은 ‘절대적인 편리함’과 ‘완벽한 사회 안보’라는 이름으로 진행되고 있었다.

마음을 굳게 먹은 영수는 키보드 위에 손을 올렸다. 그는 자신의 모든 이야기를 써 내려가기 시작했다.

그의 어머니 이선화 여사의 예언 같은 경고와 휴거 당일 갑자기 희미한 빛으로 사라져 버린 아내 소영과 아이들 그리고 현재 GUA와 각국 정부가 펼치고 있는 거대한 조작극에 대해… 그의 글이 게시된 지 불과 몇 시간 만에, 화면은 끝없이 이어지는 댓글과 지지 메시지로 폭발했다.

영수는 처음 보는 광경에 숨이 턱 막혔다. 알림 소리가 쉴 새 없이 울려 댔고, 화면을 스크롤 하는 그의 손가락이 점점 빨라졌다.

“나도 그렇게 생각해. 우리는 더 이상 침묵해서는 안 돼.”

"이 글에 모든 것을 걸겠어. 감사합니다, 저희의 목소리를 대변해 주셔서."

"여기 우리나라에서도 똑같은 일이 벌어지고 있어. 우리는 혼자가 아니야."

화면에는 전 세계에서 보내온 암호화된 메시지들이 빗발처럼 쏟아졌다. 유럽의 한 활동가는 "여기서는 통합생명칩이 '안전과 번영을 위한 유럽연합 프로젝트'라는 이름으로 도입되고 있다"라고 전해 주었다.

아시아의 한 해커는 "시민 신용 시스템과 연동되어 거부자는 모든 사회 활동에서 배제된다"라는 충격적인 자료를 업로드했다. 각국의 정부와 GUA는 제각각 다른 이름과 방식으로 그러나 동일한 목적을 향해 나아가고 있었다.

그것은 단순한 정보가 아닌, 생생한 인간의 호소였다. 남미의 한 여성은 "우리 동네에서 칩을 거부한 이웃들이 지난주에 모두 연행되었어요. 아이들이 울부짖는 소리가 아직도 귀에 맴돌아요"라고 적었다.

중동의 한 젊은이는 "여기서는 이 칩을 '신의 계시를 받는 자격'이라고 부릅니다. 거부하는 자는 신을 배반한 자로 낙인찍혀 박해받고 있어요"라고 털어놓았다. 각국의 언어와 문화는 달랐지만, 그들이 겪는 공포와 절망은 너무나 닮아 있었다.

커뮤니티의 한 지도에는 전 세계 GUA 관할 구역이 서서히 붉은 색으로 물들어 가고 있었다. 처음에는 몇 개의 도시에 불과했던 붉은 점들이 이제는 대륙 전체를 덮을 기세로 번지고 있었다. 각 지역의 보고서는 그 지도 위에 생생한 현장의 증언으로 채워졌다.

"북미 구역-통합 완료."

"동남아 지역-강제 이식 시작."

"아프리카 일부 지역-통신 두절."

그것은 한 편의 추상적인 보고서가 아닌, 문명 전체가 하나의 감시 체제 아래 흡수되어 가는 생생한 증거였다.

전 세계에서 모인 증언들은 하나의 공통된 경고를 하고 있었다. GUA의 통제는 점진적이지만 완강하게 그리고 전 지구적으로 진행되고 있다는 사실이었다. 각 나라의 차이는 있었지만, 최종 목표는 동일했다. 모든 인간을 '통합생명칩'이라는 하나의 시스템 아래 편입시키는 것. 그리고 그 과정에서 거부하는 자들은 차례로 정리되어 가고 있었다.

한 줄 한 줄이 살아 숨 쉬는 것 같았다. 익명의 필명 뒤에 숨겨진

실명 같은 진실들. 그들은 각자 다른 지역, 다른 직업, 다른 배경을 가졌지만, 같은 공포를 겪고 있었고, 같은 희망을 품고 있었다. 한 여성은 칩을 이식하지 않아 직장을 잃은 사연을 털어놓았고, 한 청년은 가족이 강제 수용소에 끌려간 뒤 소식이 끊겼다고 호소했다.

모두가 한마음이 되어 이 무거운 공포를 이기고자 하는 간절한 마음이었다. 그들의 댓글은 단순한 공감을 넘어 하나의 거대한 합창처럼 느껴졌다. 서로를 격려하고, 정보를 교환하며, 눈에 보이지 않는 손을 내밀어 서로를 붙잡아 주었다.

영수는 화면 속에서 자신의 외로움이 녹아내리는 것을 느꼈다. 그가 홀로 맞서고 있다고 생각했던 적이 무색하게, 이제 그는 수백, 수천의 동지들과 함께하고 있었다.

그의 글은 더 이상 디지털 공간의 한낱 데이터가 아닌, 살아 움직이는 저항의 상징이 되어 있었다. 그들 역시 가족을 잃었고 같은 의문과 공포를 느끼고 있었다. 영수는 비로소 자신이 혼자가 아니라는 사실을 깨달았다.

"아버지, 장인어른, 꼭 보셔야 할 것이 있습니다."
영수는 심장이 마구 뛰는 것을 느끼며 노트북을 들고 어두운 거실로 나왔다. 방금 본 것들이 너무나 충격적이어서, 이 증거들을 혼자 간직하는 것은 불가능하다고 느꼈다.

그의 목소리는 떨리고 있었다. 노트북을 열자, 수십 년간 비밀리에 쌓여 온 정부의 UFO 관련 음모론 조작 기록들이 하나둘씩 화면에 나타났다. 1950년대부터 현재까지 이어지는 방대한 문서들, 검은 줄로 가려진 비밀 문건들, 은폐된 실험 보고서…. 그것들은 단순한 음모론이 아니라, 체계적으로 진실을 왜곡하고 대중의 주의를 다른 데로 돌리기 위한 작전이었다.

그리고 더 깊이 들어가자, GUA의 고위 인물들과 세계적 엘리트 단체들 사이의 복잡하게 얽힌 연관성이 드러났다. 한 가문이 수세대에 걸쳐 정치, 금융, 군산 복합체를 장악해 온 족보도 있었고, GUA의 주요 자금이 특정 다국적 기업을 통해 조용히 흘러 들어가는 경로를 보여주는 은행 서류도 있었다.

영수는 목이 멘 소리로 계속 설명했다. 자료는 생각보다 훨씬 방대하고 구체적이었다. 단순한 가설이 아니라, 수많은 내부고발자의 증언과 검증된 문서들로 채워져 있었다. 각각의 연결고리는 마치 거대한 퍼즐을 완성해 가듯, 오랜 세월 동안 은폐되어 온 진실을 조금씩 드러내고 있었다.

강영철 교수의 얼굴이 점점 창백해졌다. 그는 과학자의 엄격한 눈초리로 자료를 검토하던 중 마침내 중얼거렸다.

"이… 이것들은… 도저히 단순한 우연의 일치라고 보기 어려워. 통계적으로도 설명이 안 돼. 정말 뭔가… 우리가 모르는 어쩌면 무시해 왔던 어떤 큰 그림이 진행되고 있는 게 분명해."

그날 밤, 세 사람은 이선화 여사가 생전에 가장 많은 시간을 보내던 작은 서재에 함께 모였다. 문을 열자, 은은한 성경 용지 냄새와 낡은 책장에서 풍기는 목재 향이 섞여 나왔다. 공기 중에는 여전히 그녀의 기도가 스며든 묵직한 고요가 가득해 발소리조차 삼켜버릴 것만 같았다.

영수는 조심스럽게 책상 위에 놓인 어머니의 성경을 손에 들었다. 가죽 표면은 세월의 빛을 머금어 부드러웠고, 책등은 끊임없이 펼쳐지며 생긴 굴곡이 선명했다. 그는 페이지를 하나씩 넘기기 시작했다.

그 순간, 그의 호흡이 멈춰질 듯했다.

페이지마다 어머니의 손길이 선연하게 살아있었다. 간절한 믿음이 담긴 곧은 밑줄, 기도 제목이 적힌 메모, 이해하기 어려웠을 구절 옆에 덧붙인 작은 물음표까지. 어떤 페이지에는 눈물 자국이 마르면서 생긴 주름진 흔적도 보였다.

요한복음 14장 6절에는 "영수를 위해"라는 짧은 글씨와 함께 그 구절 전체가 노란 형광 색상으로 따스하게 감싸여 있었다.

　"내가 곧 길이요 진리요 생명이니…."

　영수가 중얼거리자, 방 안을 가득 채우던 고요가 살짝 움직이는 것 같았다. 그는 어머니가 이 책을 보며 얼마나 간절히 기도했을지를 생각하니 가슴이 먹먹해졌다. 이 성경은 단순한 책이 아닌, 한 영혼의 믿음이 고스란히 담긴 유산이었다.

　영수는 조용히 낭독하기 시작했다. 요한계시록 13장 5절부터 6절까지.

　"또 짐승이 큰 말과 참람된 말하는 입을 받고 또 마흔 두달 일할 권세를 받으니라. 짐승이 입을 벌려 하나님을 향하여 훼방하되 그의 이름과 그의 장막 곧 하늘에 거하는 자들을 훼방하더라."

　낭독을 마친 영수는 고개를 들어, 눈에 눈물을 머금은 두 노인을 바라보며 말했다.

　"아버지, 장인어른, 우리는 지금 단순한 정치적, 사회적 혼란 속에 있는 것이 아닙니다. 우리는 우주적 규모의 선과 악, 빛과 어둠, 진실과 거짓이 맞서는 거대한 영적 전쟁의 한가운데 서 있습니다."

　그의 목소리에는 더 이상의 망설임이나 의심이 없었다.

　"이것은 외계인이나 과학의 문제가 절대 아닙니다. 이것은 영혼을 두고 벌이는 싸움입니다. 어머니와 소영, 그리고 우리 아이들은… 오직 예수 그리스도께서 그들의 죄를 대속하시기 위해 십자가에 달려 죽으시고 부활하셨다는 그 복음을 믿었기 때문에 구원받아서 들림을 받은 것입니다. 우리가 이 마지막 때에 남겨진 이유는… 바로 이 소중한 진리를 지키고 증명하기 위함이 아닐까요?"

김길부 교수가 눈시울을 붉혔고 마침내 눈물이 그의 뺨을 타고 흘러내렸다. 그는 목소리를 가다듬어 말했다.

"내 평생… 돈의 흐름과 권력의 논리만을 분석하고 연구했다고 생각했다. 하지만, 이 모든 것의 배후에, 눈에 보이지 않는 영적 세계에서 훨씬 더 근본적인 통제와 싸움이 이루어지고 있었다니… 내가 보지 못했구나."

모든 자료와 증거 그리고 아들의 간절한 신앙의 고백 앞에서 강영철 교수는 마침내 무너졌다. 그는 수십 년 동안 자신의 정체성처럼 여겨왔던 과학적 유물론과 회의주의의 두꺼운 장벽을 내려놓았다. 그의 어깨가 움츠러들며 매우 낮은 목소리로 중얼거렸다.

"나도… 이제는 믿으려 한다. 너의 어머니가 그토록 사랑하고 그 목숨을 다해 믿었던… 그 하나님을."

그의 고백과 함께 서재 안에는 깊은 평안과 결의가 동시에 스며들기 시작했다.

7장

어머니의 유품과 계시록

어둠 속의 유품

강영수는 정전으로 인해 캄캄한 어둠이 스민 어머니의 방에 홀로 앉아 있었다. 창문 너머로는 여전히 먼 곳에서 울려 퍼지는 듯한 사이렌이 끊이지 않고 흘러들어왔다. 아파트 전체가 마치 숨을 죽인 듯 고요했고, 그 고요함 속에서 밖의 혼란은 더욱 생생하게 다가왔다.

방 안의 공기는 무거운 물감처럼 가라앉아 있었고, 어둠은 유리창 사이로 스민 달빛조차 삼켜 버리는 듯했다. 그의 두 손에는 어머니가 마지막으로 남긴 유품이 꼭 쥐어져 있었고, 처음의 차가웠던 촉감은 이제 그의 체온에 의해 서서히 살아나는 것 같았다. 그 온기는 마치 어머니의 마지막 숨결이 스민 것처럼, 그의 전신을 통해 퍼져나가고 있었다.

깊은 어둠 속에서 그의 감각들은 오히려 더욱 예민해져 있었다. 낡은 책장에서 스치는 나무 향기, 바닥에 엉킨 먼지의 축축한 내음 그리고 창밖에서 들려오는 사람들이 도망가는 거친 발소리와 비명, 쉴 새 없이 들려오는 경찰 차량의 날카로운 사이렌 소리가 뒤엉켜 그의 고막을 때렸다. 세상은 무너져 내리고 있었지만, 이 작은 방만은 시간이 멈춘 듯 고요했다.

영수는 눈을 감았다. 깊은 어둠이 시야를 가렸지만, 오히려 마음속 눈은 더욱 선명해졌다. 빛이 환하게 들어온 것처럼 어머니의 모습이 하나둘 스치기 시작했다.

해 질 녘마다 창가에 무릎 꿇고 기도하시던 그녀의 뒷모습이 떠올랐다. 햇살이 그녀의 흰 머리카락을 감싸는 모습이 마치 후광처럼 보이던 때가 있었다. 집에 돌아오면 항상 문 앞에서 반갑게 맞아주시던 그 따뜻한 미소도 생각났다.

"밥은 먹었니?" 그 한마디에 하루의 모든 피로가 사라지곤 했다.

잊을 수 없는 것은 그가 바쁘다는 이유로 연락을 소홀히 하면, 꼭 다음 날 아침에라도 "영수야, 네 목소리만 들어도 엄마는 잠 편히 잔다"라고 하시던 그 목소리였다. 그 말씀 뒤에 숨은 그리움과 애틋함을 그때는 제대로 알아듣지 못했던 것 같았다.

가장 생생하게 떠오르는 것은 그가 인생의 고비마다 힘들어할 때마다, 말없이 다가와 그의 손을 잡아주시던 어머니의 모습이었다. 그때 그녀의 눈빛에는 말로 표현할 수 없는 깊은 걱정과 사랑이 어려 있었다. 지금, 이 순간, 그 눈빛이 더없이 그리웠다. 특히 그녀가 마지막으로 이 유품을 그의 손에 쥐여주던 날, 그때 그녀의 눈빛은 힘겹지만, 굳건한 결의로 가득 차 있었다.

"어머니…."

그의 속삭임은 어둠 속에 스러졌지만, 손에 전해지는 온기는 여전했다. 이 작은 방 안에 남아 있는 어머니의 흔적들은 마치 그가 이 혼란스러운 세상 한가운데에서 마지막으로 붙잡을 수 있는 버팀목이었다.

"어머니… 저희는 이제 무엇을 해야 합니까?"

그의 목소리는 떨리고 낮았으며, 고요한 방 안에 흩어져 아무런 답도 돌아오지 않았다. 그의 속삭임은 벽에 부딪혀 흡수되어 버렸다.

그는 깊은 한숨을 내쉬며 자리에서 일어나 더 이상 망설임 없이 어머니가 늘 사용하던 낡은 책상 서랍을 열었다. 서랍 안에는 어머니가 평생을 함께한 성경책과 함께 표지가 해어져 가는 몇 권의 노트가 가지런히 정리되어 있었다.

가장 위에 놓인 노트의 표지에는 '요한계시록의 조명'이라는 제목과 함께 그가 어릴 적부터 봐 온 정겨운 어머니의 필체로 이름 '이선화'가 쓰여 있었다.

노트의 첫 장을 펼치는 순간 영수의 손가락이 은은하게 떨렸다. 그곳에는 어머니의 간절한 기도가 빼곡히 적혀 있었다.

사랑하는 주님, 제 마음속에 품고 있는 이 말씀으로 한평생을 함께 살아왔던 사랑하는 남편과 저의 소중한 아이 영수의 마음에 전해지는 그날이 꼭 오게 하소서. 비록 그들은 지금은 믿지 않으며 오직 이성과 논리만을 따르고 있지만, 주님의 크신 진리 앞에 그 모든 것이 겸손히 무너지는 그날을 저는 기다리며 이 글을 남깁니다.
그들에게 진리의 등불이 되어 주소서.

– 이선화 –

영수의 눈가가 뜨거워지며 시야가 흐려졌다. 그는 고개를 들어 어둠 속을 응시하며 중얼거렸다.

"그러셨나요, 어머니… 어머니는 이미 오래전부터… 바로 이런 날이 올 것을 예견하고 이 모든 것을 준비하고 계셨던 겁니까…."

그의 목소리는 목메어 있었다. 그는 마치 어머니의 차분하고 따뜻한 목소리가 직접 귀에 들리는 것만 같았다. 그는 진한 그리움과 함께 숙연한 마음으로 페이지를 넘기기 시작했다.

어머니의 노트는 요한계시록의 구조에 대한 명쾌하고도 깊이 있는 설명으로 이어졌다. 노트에는 이렇게 기록되어 있었다.

요한계시록은 단순한 미래에 대한 예언서가 아닙니다. 이것은 하나님이 그에게 주사 반드시 속히 될 일을 그 종들에게 보이려고 그 천사를 그 종 요한에게 그리고 최종적으로 요한이 우리 모두에게 전달한 하나님의 완전한 계시입니다. 이 책은 인봉 된 책이 아니라, '때가 가까우니 인봉하지 말라'는 주님의 명령을 받은 열린 책입니다. 그리고 우리가 살고 있는 이 시대, 바로 지금이 그 문을 활짝 열어 그 의미를 들여다보아야 할 때입니다.

영수는 노트에 기록된 어머니의 치밀한 해석을 따라, 요한계시록이 그리는 거대한 그림을 조금씩 이해해 나가기 시작했다. 어머니는 일곱 인, 일곱 나팔, 일곱 대접의 심판이 점차 그 강도가 세지면서 진행되는 하나님의 심판 시리즈라고 설명했다. 특히 그녀는 이 심판들이 특정한 미래의 한 시점에만 집중된 것이 아니라, 예수님이 오신 이후부터 재림의 그날까지 이어지는 긴 교회 시대 전체에 걸쳐 점진적으로 펼쳐지는 역사적 과정이라고 강조하며 이렇게 기록해 두었다.

이 심판들은 단번에 쏟아지는 폭풍이 아니라, 역사의 배를 뒤흔드는 점점 거세지는 파도와 같다. 첫 번째 파도는 이미 오래전에 시작되었고, 우리는 지금 그다음 파도 속을 헤쳐 나가는 중이다.

현실의 혼란

영수는 손에 들린 노트의 페이지를 더욱 긴장된 마음으로 넘겼다.

어머니의 필체는 이제 그가 목격한 끔찍한 현실의 혼란을 요한 계시록 6장에 등장하는 '네 말과 말 탄 자들'을 통해 명료하게 설명하고 있었다.

노트에는 이렇게 적혀 있었다.

첫째 인을 떼실 때 나온 흰 말은…. 많은 이들이 평화의 사자로 오해하지만, 실은 거짓 평화와 속임수를 통한 정복을 상징합니다. 말 탄 자에게 활을 줬으니, 이는 무력을 동반한 위협을 의미합니다. 그 뒤를 이은 둘째 인의 붉은 말은 전쟁과 피의 유출을, 셋째 인의 검은 말은 기근과 경제적 파탄을, 그리고 넷째 인의 청황색 말은 죽음이 그 뒤를 따르며 땅 사 분의 일을 쳐서 죽이는 것을 의미합니다. 이 네 기사의 질주는 단순한 과거의 사건이 아니라, 역사가 끝나는 그 순간까지 계속될 하나님 심판의 시작을 알리는 서곡과 같습니다.

이 구절을 읽는 순간, 영수의 등골을 따라 찬 전율이 스치듯 흘렀다. 온몸의 털이 곤두서는 듯한 감각과 함께 머릿속이 선명하게 맑아지는 경험을 했다.

그는 문득 며칠 전 뉴스에서 본 장면을 생생히 떠올렸다. 정부와 GUA의 대변인이 깔끔하게 정장을 차려입고 TV 화면을 가득 채웠던 모습이 눈앞에 선했다.

화면에는 대륙을 잇는 해서 고속철도가 신화 속 바다를 기르는 용처럼 파도를 가르며 질주하는 장면이 선보여졌다. 이어서 대륙을 단 몇 시간 만에 가로지르는 초정밀 제트 비행기가 구름 위를 가르며 남기는 하얀 흔적이 포착되었고, 마침내 지구의 중력을 벗어나 우주를 자유롭게 왕래하는 로켓의 장엄한 발사 장면이 이어졌다.

이 모든 화려한 영상은 최첨단 컴퓨터 그래픽으로 렌더링 되어 마치 눈앞에서 실제로 벌어지고 있는 것 같은 생생함을 자아냈고, 화면 가득 흐르는 "인류의 새 시대"라는 세련된 폰트의 자막은 이를 압도적으로 강조했다.

바로 그 화려한 무대 한가운데, GUA 대변인은 완벽에 가까운 단정한 차림과 함께 단호한 표정으로 미래를 약속했었다.

"외계 생명체와의 접촉은 인류 문명사의 결정적 전환점입니다. 이 역사적인 만남은 우리를 더 높은 단계로 이끌 것입니다."

대변인의 목소리는 설득력이 넘쳤지만, 이제 와서 돌이켜보면 그 말에는 인류의 불안을 달래려는 계산된 위로가 섞여 있었다.

"GUA의 과학적이며 체계적인 관리 아래, 인류는 마침내 진정한 의미의 평화라는 위대한 성취를 맞이하게 될 것입니다."

연단 위 그의 목소리는 권위 있고 확신에 차 있었다.

"국경과 이념으로 갈라졌던 시대는 이제 끝났습니다. 우리 앞에 펼쳐질 것은 자원의 공정한 배분과, 완벽하게 조화로운 세계 질서입니다."

그는 청중을 향해 손을 내밀어, 마치 그들이 약속된 낙원의 문턱에 서 있는 것처럼 느끼게 했다.

"모든 분쟁과 전쟁은 더 이상 존재하지 않을 것입니다. 그것들은 더 이상 우리의 미래를 위협하지 않는, 오래된 역사책의 한 페이지로 남게 될 뿐입니다."

화면 뒤에서는 GUA의 엠블럼이 은은하게 빛나고 있었고, 그의 말은 기계적으로 번역되어 전 세계로 생중계되고 있었다.

"이것은 단순한 꿈이 아닙니다. 이것은 GUA가 인류에게 약속하는, 반드시 지킬 미래입니다."

그 당시에는 미래에 대한 막연한 희망으로만 들리던 그 말들이, 지금, 이 순간 수많은 내부 문서와 암호화된 증거들 앞에서 하나둘 맞아떨어질 때, 그것은 더 이상 진보의 선언이 아닌 거대한 기만의 그물로 다가왔다.

영수는 화면 속에서 당당하게 약속했던 그 '평화'라는 단어가, 사실은 철저한 통제와 감시, 그리고 그것에 저항하는 이들의 희생 위에 세워진 위장된 질서였음을 깨달았다. 그 화려한 수사 뒤에는 수많은 실종자와 억압된 목소리 그리고 인간의 자유 의지를 말살하려는 냉랭한 계획이 자리 잡고 있었다.

이러한 엄청난 진실과 마주하자, 그의 가슴은 먹먹해졌고 숨이 턱턱 막히는 듯한 압박감이 밀려왔다. 그가 알고 있던 세계는 단면에 불과했으며, 그 이면에는 이렇게나 충격적인 현실이 감춰져 있었다는 사실에 경악하지 않을 수 없었다.

그러나 그 화려하게 포장된 '평화'의 그림자 아래, 끊임없는 실종 사건이 이어지고 있었다.

깊은 밤 불현듯 찾아온 검은 차들, 출근길을 떠난 채 영영 돌아오지 않는 이웃들, 통화가 갑자기 끊긴 후 영원히 닿을 수 없게 된 전화번호.

공식 기록에는 '자발적 이주'나 '가족 동의 하의 치료'라는 냉담한 용어로만 남았지만, 살아있는 증인들의 목소리는 다른 이야기를 증언했다.

이른 새벽 혹은 해가 진 저녁, GUA의 검은 제복을 입은 요원들이 나타나 사람들을 눈에 띄지 않는 차량으로 데려가는 것이 목격되었다. 그 과정은 신속하고 무자비했으며, 저항하는 자는 폭력으로 답변했다. 주변의 시선을 피해 최대한 신속하게 이루어진 이 '작전' 뒤에는, 가족들의 절규와 눈물 그리고 영원히 채워지지 않는 빈자리만이 남았다.

공식적으로는 이러한 실종 사건 자체가 부인되었다. 그러나 도시의 골목길과 인터넷의 암호화된 공간에서는 '저녁 7시 이후 외출 금지'와 '낯선 차량을 조심하라'는 경고들이 속삭임처럼 퍼져나갔다.

GUA가 약속한 '평화'는 공포의 침묵 위에 세워진 가짜 평화였으며, 그들이 말하는 '질서'는 무고한 사람들이 사라지는 대가로

구매된 위선적인 질서에 불과했다. 그것은 정복이 아니고 무엇이란 말인가? 그 '새로운 평화'라는 말이 바로 첫 번째 흰말의 기사, 거짓된 위선의 가면이 아니겠는가?

그리고 도로 위에서 벌어진 그 참혹한 연쇄 충돌 사고, 마비된 통신망, 무너진 전력망…. 이 모든 사회 기반 시설의 붕괴와 그로 인한 물자 부족, 폭등하는 물가, 시장의 공포는 나머지 세 기사 - 붉은 말의 전쟁, 검은 말의 기근, 청황색 말의 죽음 - 가 동시에 질주하는 모습 그 자체였다.

슈퍼마켓의 진열대는 더 이상 화려한 상품으로 가득 차 있지 않았다. 오히려 텅 빈 선반들이 처참하게 널브러져 있었고, 가끔 눈에 띄는 식료품들도 그 양이 너무나 부족했다. 통조림 몇 개, 채소 한 줌, 그리고 제한된 양의 육류가 전부였다. 사람들은 허겁지겁 그나마 남은 물건들을 챙기려 안간힘을 썼고, 가격표는 믿을 수 없을 만큼 폭등해 있었다.

한때 6만원이면 살 수 있던 20Kg 쌀 한 포대가 이제는 20만 원을 훌쩍 넘겼다. 신선한 과일과 고기는 이제 사치품이 되어 버렸다. 사람들은 점점 초조해졌고, 불안에 휩싸여 있었다. 매장 안에서는 살얼음판을 걷는 듯한 긴장감이 맴돌았다. 서로의 카트를 경계하는 시선, 품절 위기에 내민 손길 그리고 가끔 터져 나오는 말다툼 소리까지.

"어제는 이게 얼마였는데, 어떻게 하루 만에 또 오른 거야?"

한 주부가 절망적으로 중얼거렸지만, 아무도 대답해 주지 않았다. 점원들도 피곤한 얼굴로 물량 부족과 가격 변동을 반복해 설명할 뿐이었다. 사람들의 눈빛에는 두려움이 스멀스멀 피어올랐다. 내일은 또 얼마나 오를지, 이 돈으로 도대체 얼마나 더 버틸 수 있을지에 대한 막막함이 가득했다.

거리에서는 물물교환이 성행했다. 금반지로 통조림을 바꾸는 사람, 오래된 골동품으로 약을 구하려는 사람들. 화폐 경제가 무너지고 생존을 위한 최후의 거래 방식이 등장하고 있었다. 그러나 이런 교환도 점점 어려워졌다. 누구나 자신의 물건을 더 귀하게 여겼고, 서로를 신뢰하지 못했다.

이러한 극한의 상황 속에서 사람들의 마음은 점점 피폐해졌다. 남을 의심하고, 자신만을 위한 이기심이 팽배해졌다. 그러나 한편으로는 이 절망적인 상황에서도 남을 돕고자 하는 작은 선한 마음들도 여전히 존재했다. 이렇게 혼란스러운 세상에서 인간성의 빛과 그림자가 교차하고 있었다.

"어머니…. 지금, 이 순간도 모두 예견하고 계셨던 겁니까?"

그는 놀라움을 금치 못하며 속삭였다.

노트의 후반부는 점점 더 긴박하고 경고적인 어조로 바뀌어 있었다. 어머니는 적그리스도의 등장과 그의 교활한 방식을 상세히 기록해 두었다.

적그리스도는 마치 구원자처럼 7년의 평화 조약을 제시하며 세계의 지도자로 등장할 것입니다. 많은 사람들이 그를 찬양하며 환영할 것입니다. 그러나 이 조약은 철저한 속임수입니다. 그 조약의 중반, 즉 3년 6개월이 지나면 그는 자신의 참된 얼굴을 드러내어 자신을 신으로 숭배하도록 강요할 것입니다. 예루살렘 성전에 자신의 우상을 세우고 감히 그에게 경배하지 않는 자들은 모두 죽임을 당할 운명에 처할 것입니다.

그러나 영수를 가장 깊은 충격에 빠뜨린 것은 노트 한쪽에 정리된 '짐승의 표'에 대한 상세한 기록이었다. 그 페이지는 다른 부분과 달리 여백에 어머니의 손으로 그린 별표(*)가 세 개나 강조되어 있었고, 글씨체도 평소보다 더 날카롭고 간절하게 적혀 있었다.

페이지에는 통합생명칩의 실체가 경고처럼 기록되어 있었다.

"이것은 단순한 신분증이 아니다. 이것은 경배의 표지다"라는 문장으로 시작되는 이 장에는 성경의 예언과 현재 GUA가 추진하는 시스템이 놀랍도록 일치한다는 분석이 담겨 있었다.

어머니의 필체는 여기서 더욱 격해졌다.

"GUA가 추진하는 표를 이마나 손에 이식받는 자는 결국 하나님 대신 적그리스도를 섬기는 자리가 된다"라고 적힌 문장 아래에는 두꺼운 선으로 밑줄이 그어져 있었다.

더욱 섬뜩한 것은 "이 표 없이는 장사도, 생계도 유지할 수 없는 시스템"이라는 부분이었는데, 이는 바로 요한계시록 13장 17절의 예언을 그대로 현대화한 것이었다.

영수는 이 페이지를 읽으며 온몸에 소름이 돋았다. 어머니가 평소에 강조하던 '성경의 실체'가 이렇게 구체적인 형태로 나타날 것이라고는 상상도 못 했다.

노트에는 계속해서 "표를 받는 자는 영원한 심판을, 거부하는 자는 일시적인 박해를 받을 것이다"라는 문장이 적혀 있었고, 그 옆에는 어머니의 간절한 기도가 "주님, 제 가족들이 지혜로워 이 표를 받지 않게 하소서"라고 적혀 있었다.

이 모든 내용은 단순한 종교적 공포가 아닌, 머지않아 닥칠 현실적인 위험을 예고하고 있었다. 영수는 비로소 어머니의 신앙이 단순한 정신적 위안이 아니라, 다가올 위험에 대한 예리한 경고였음을 깨달았다.

저가 모든 자 곧 작은 자나 큰 자나 부자나 빈궁한 자나 자유한 자나 종들로 그 오른손이나 이마에 표를 받게 할 것입니다. 이것이 바로 '짐승의 표'입니다. 이 표가 없는 자는 아무도 물건을 사거나 팔 수 없게 됩니다. 단순한 식별 코드가 아닙니다. GUA가 도입하려는 '인류 보안 카드'와, 그다음 단계로 예고된 생체 칩 이식 시스템은….

여기서 어머니의 쒈체가 악간 떨리고 있있다.

이 예언이 어떻게 현대 기술 속에서 완벽하게 구현되는지를 보여주는 살아있는 증거입니다. 이것은 단순한 기술의 진보가 절대 아닙니다. 이것은 하나님 대신 적그리스도에게 절하고 그의 절대적인 권위에 복종하는 영적 배반의 상징입니다. 이 표를 받는 순간 그 영혼은 더 이상 하나님의 구원에서 벗어나 영원한 심판을 맞이하게 될 것입니다.

영수는 노트에서 눈을 떼어 창밖을 바라보았다.

GUA의 포스터가 흐릿하게 보였다. '안전과 통합을 위한 인류 보안 카드' 그것은 마치 어머니의 경고가 현실이 되어 그를 응시하고 있는 것만 같았다.

깨달음과 회개의 눈물

영수의 머릿속에서 흩어져 있던 모든 퍼즐 조각이 서서히 그러나 확고하게 제자리를 찾기 시작했다. 마지막 핵심 조각이 들어맞는 순간, 모든 것이 솔직하게 연결되었다.

어머니가 남기고 간 그 고별 성경과 노트 속에 적힌 간절한 경고들 그리고 그 노트에 상소되어 있던 '짐승의 표'에 대한 기록. 장인 김길부 교수가 GUA의 등장을 바라보며 보였던, 단순한 우려를 넘어선 깊은 근심의 눈빛. 그리고 지금 전 세계를 덮치고 있는 GUA라는 이름의 거대한 기만과 인간의 자유 의지를 말살하려는 철저하게 짜인 통제 시스템….

이 모든 것들은 더 이상 개별적인 사건이나 우연의 일치가 아니었다. 이것은 모두 성경, 그중에서도 요한계시록이 수천 년 전부터 경고해 왔던 예언의 그림자이자 실체였다. 책 속에 기록된 상징적인 언어들이 낯선 고대의 이야기가 아니었다. 바로 눈앞에서 전개

되고 있는 현실의 암호 해독서라는 사실이 놀랍도록 선명하게 다가왔다.

그 예언이 이제 더 이상 종교 서적의 페이지에 갇힌 문자가 아니라, 살아 움직이는 역사 속에서 그의 삶 한가운데에서 생생하게 현실이 되어 펼쳐지고 있었다.

"그렇구나…. 모두…. 어머니 말씀이 맞았어."

영수는 더 이상 버티지 못하고 바닥에 무릎을 꿇었다. 그의 등이 숙여졌고 그는 얼굴을 두 손으로 가렸다. 그의 어깨는 깊은 회한과 깨달음으로 말미암은 울림으로 떨리고 있었다.

그가 평생을 통해 절대적인 진리의 척도로 여겨왔던 과학적 방법론, 모든 현상을 분해하고 분석하는 논리적 사고 그리고 감정을 배제한 냉철한 이성은 이 거대한 영적 전쟁의 실체 앞에서 더 이상 유효하지 않았다. 그것들은 마치 폭풍우가 몰아치는 거친 바다 한복판에서 휘발되는 종이배처럼 무력했고, 초자연적인 어둠을 마주한 희미한 랜턴 빛처럼 그 위력을 잃어버렸다.

그가 수년간 갈고닦아온 학문의 무기는 예언된 재앙과 신적인 개입의 영역 앞에서는 한낱 무기력한 장난감에 불과했다. 이제야 비로소 그는 깨달았다. 인간의 이성으로는 측량할 수 없는 훨씬 더 거대하고 오래된 진리가 존재하며, 그 진리가 지금, 이 순간 역사의 무대 위에서 *그* 서사를 펼쳐내고 있음을. 오히려 그가 자랑으로 여기던 그 이성과 논리가 진리를 바라보는 그의 눈을 가렸던 장애물이었다는 사실이 너무나도 뼈아팠다.

"용서해 주세요… 어머니… 저를 믿음으로 가르치려 하셨는데 저는 오만하게 듣지 않았습니다."

그의 속삭임은 뜨거운 눈물에 섞여 나왔다.

"하나님, 용서해 주세요… 저는 어머니 말씀마저도 무시한 못된 자였습니다."

그가 평생을 통해 절대적인 진리의 척도로 여겨왔던 과학적 방법론, 모든 현상을 분해하고 분석하는 논리적 사고, 그리고 감정을 배제한 냉철한 이성은, 이 거대한 영적 전쟁의 실체 앞에서 난공불락의 성채가 아니라, 모래 위에 그려진 허술한 방어선에 불과함이 드러났다.

그의 이성은 마치 두꺼운 안개 속에서 헤매는 항해사와 같았다. 나침반은 고장 나고, 지도는 더 이상 유효하지 않으며, 별을 가린 구름 때문에 하늘도 보이지 않았다. 그가 익숙하게 의지하던 모든 탐색 도구가 동시에 무용지물이 되어 버린 것이다.

그가 수십 년간 갈고닦아 세워놓은 지식의 체계는 이 초월적인 진리를 마주한 순간, 마치 서릿발 앞의 유리 조각처럼 쉽게 부서져 내렸다. 이제야 비로소 그는 깨달았다. 그가 평생 신봉하던 논리와 이성은 이 초월적인 현실 앞에서 한낱 얕은 개천에 불과함이 드러났다. 자신이 갈고닦았던 지식의 등불은 이 깊은 영적 암흑을 온전히 밝히기엔 너무나 희미했다.

그동안 그는 현미경으로 우주를 보려 했다. 모든 것을 데이터와 공식에 가두려 했다. 하지만, 이 거대한 영적 전쟁은 그의 그물에 걸리지 않는 고래와 같았다. 오히려 그의 그물을 찢고, 그가 세워 놓은 지식의 구조물을 파도처럼 무너뜨렸다.

그는 평생 외면해 왔지만, 항상 존재해 왔던 더 넓은 우주를 마주하게 되었다. 그것은 인간의 지성으로는 도저히 잴 수 없는, 모든 역사를 꿰뚫는 질서였다. 그리고 그 질서가 지금, 그의 눈앞에서 숙명처럼 펼쳐지고 있었다. 인간의 이성으로는 측량할 수 없는, 훨씬 더 거대하고 오래된 진리가 존재하며, 그 진리가 이 순간 역사의 무대 위에서 그 서사를 펼쳐내고 있음을 그는 비로소 깨달았다. 자신은 그저 비극적으로 '남겨진 자'가 아니라, 하나님의 은혜로 말미암아 '깨어난 자'이며 이제 막 '새로운 소명'을 받은 자라는 것을….

방문이 살짝 열리며 강영철 교수와 김길부 교수가 안쓰러운 표정으로 방 안으로 들어왔다. 그들은 무릎 꿇고 흐느끼는 영수의 모습을 보았지만, 동시에 무언가 근본적으로 이전과는 다르다는 것을 느꼈다. 그의 눈가에는 눈물이 가득했으나, 그 속에는 더 이상의 절망과 혼란이 자리 잡고 있지 않았다. 오히려 그 눈빛에는 맑게 갠 하늘처럼 확고한 결의와 평안한 단호함이 빛나고 있었다.

영수는 천천히 자리에서 일어나 눈물을 닦고 보고 있던 어머니의 노트를 두 사람에게 내밀었다. 그의 목소리는 떨렸지만 더 이상 흔들리지 않았다.

그는 노트를 펼쳐 어머니가 남긴 마지막 메모를 찾아 낭독하기 시작했다.

"마지막으로, 내 사랑하는 가족들에게 남기는 말입니다. 두려워하지 마세요. 요한계시록은 심판의 책이지만, 동시에 궁극적인 희망의 책입니다. 왜냐하면 그것은 결국 예수 그리스도의 완전한 승리, 선의 악에 대한 최종적 정복으로 끝나기 때문입니다. 우리의 싸움은 혈과 육, 즉 인간을 상대하는 것이 아닙니다. 우리의 적은 하늘에 있는 악의 영들입니다. 그러니 믿음의 방패와 진리의 검으로 무장하십시오. 이것이 나의 마지막 당부입니다."

방 안에 고요함이 내려앉았다. 그 고요함을 깨며, 세 남자는 서로를 바라보고는, 아무런 말이 필요 없었다. 그들은 함께 촛불이 어둠을 가르는 작은 방 한가운데에 무릎을 꿇었다. 이 순간, 그들은 같은 진리 앞에 겸손히 무릎 꿇고, 같은 소명을 위해 함께 나아갈 한 팀이 되었다.

서울의 밤은 짙은 먹물처럼 숨어들어 도시의 윤곽을 삼켜버렸다. 창밖에서는 여전히 경찰과 군인 차량의 사이렌과 멀리서 들려오는 비명이 어둠을 가르고 있었지만, 그 모든 소음은 이제, 마치 두꺼운 유리창 너머의 풍경처럼 느껴졌다.

그러나 이 작은 아파트 안에서는 모든 것이 달랐다. 컴퓨터 화면에서 은은하게 퍼지는 빛이 영수와 그의 두 아버지의 얼굴을 비추고 있었다. 그들의 눈빛에는 공포 대신 확고한 결의가 빛나고 있었다. 키보드를 두드리는 소리, 종이를 넘기는 소리, 그리고 가끔 나누는 낮은 목소리의 대화만이 방 안을 채웠다.

이들은 알고 있었다. 자신들이 맞서는 것이 단순한 한 정부나 기관이 아니라, 인류의 자유 의지를 말살하려는 거대한 적그리스도 세력이라는 것을. 수천 년 전부터 예언됐고, 이제야말로 그 예언이 현실이 되어 움직이기 시작한 그 전쟁을.

그들이 준비하는 것은 단순한 물리적 저항이 아니었다. 그것은 진리를 알리는 정보 전쟁이었고, 흩어진 남은 자들을 깨우는 깃발이었으며, 각성한 이들이 하나로 뭉치는 연결고리였다. 이 조용한 아파트는 이제 역사의 흐름을 가를 위대한 영적 전쟁의 최전선이 되었고, 그들의 각자 자리는 이미 전투 준비를 시작하고 있었다. 그들의 무기는 어떤 국가의 힘도, 첨단 과학 기술도 아닌, 순전한 믿음과 하나님의 살아계신 말씀이었다. 7년 환란의 시대, 그들이 걸어야 할 길은 험난하고도 고통스러울 것이 분명했다. 하지만 그 길의 끝에는 어둠을 영원히 물리친 찬란한 빛이 그들을 기다리고 있음을 이제 그들은 믿을 수 있었다.

8장

적그리스도의 출현

혼돈의 절정

휴거 사건이 발생한 지 딱 2주일이 지났지만, 전 세계는 이미 완전한 무정부 상태의 수렁으로 빠져들어 있었다. 도시의 거리에는 쓰레기와 폐자재 그리고 사고 난 차들이 무질서하게 방치되어 마치 장애물 코스를 연상케 했으며, 정전 사태는 여전히 지속되어 해가 지면 서울은 원시 시대와도 같은 칠흑 같은 어둠에 삼켜졌다.

거리를 맴도는 바람은 더 이상 활기찬 도시의 기운을 실어 나르지 않았다. 대신 쓰레기 악취와 희미한 스모그 그리고 불길한 고요함만이 공기를 뒤덮었다.

가로등은 물론 건물의 조명 하나 보이지 않는 밤거리는 마치 거대한 검은 베일에 휩싸인 듯했다. 가끔 창문 너머로 스치는 흔들리는 촛불 그림자만이, 이 도시에 아직 생명이 남아 있음을 알렸다. 그러나 그조차도 침묵과 공포에 짓눌려 여기저기에서 숨죽이고 있을 뿐이었다.

아스팔트 위에는 유리 조각들과 부서진 가로수가 널브러져 있었고, 간판들은 흐느적거리며 바람에 맞서 싸우고 있었다. 공원에는 텐트와 임시 쉼터들이 생겼지만, 그들 역시 생존을 위한 투쟁에서 벗어나지 못했다.

생필품을 둘러싼 약탈과 폭력은 더 이상 특별한 사건이 아니라, 살아남기 위한 일상의 한 방식이 되어 버렸다. 사람들의 눈에는 인간성이라는 것이 사라진 지 오래였고, 오로지 동물적인 생존 본능과 절망 그리고 야만의 빛만이 스쳐 지나갈 뿐이었다.

강영수는 아버지 강영철과 장인 김길부 그리고 소수의 뜻을 같이하는 신자들과 함께 어머니의 아파트를 근거지로 하여 간신히 목숨을 부지하고 있었다.

그들은 위험을 무릅쓰고 다녀온 슈퍼마켓에서 겨우 찾아낸 통조림과 제한된 식수로 연명하며, 암호화된 단말기를 통해 '깨어남' 커뮤니티와 연결되어 외부의 소식을 전달받고 있었다.

이 커뮤니티에는 전 세계 곳곳에서 벌어지고 있는 참혹한 현장들의 생생한 소식이 끊김이 없이 흘러 들어왔다. 기아로 쓰러져 가는 시민들, 환자들로 가득하지만, 의약품과 의사가 없는 방치된 병원 그리고 한순간에 무너져 내린 문명사회의 최후를 증명하는 듯한 이미지들.

"끝났어…. 지금까지 우리가 믿고 의지해 왔던 모든 데이터와 체계가… 순식간에 무너져 내렸다."

바닥에 앉아 마지막으로 남은 배터리로 라디오를 듣고 있던 강영철 교수가 무기력하게 중얼거렸다. 그의 얼굴에는 평생을 신봉해 온 과학적 유물론과 합리주의가 무너져 내린 자리에 깊고 침침한 허무감만이 가득히 자리 잡고 있었다.

"인과율도, 진화론도… 확률과 통계도… 이 엄청난 현실, 이 초자연적인 광경 앞에서는 모두 겉보기만 그럴듯한 허수아비에 불과했어. 아무것도 설명할 수 없어."

창가에 서서 마치 유리 너머의 지옥도를 바라보듯 밖을 응시하던 김길부 교수가 말을 받았다. 그의 목소리에도 역시 깊은 좌절감이 서려 있었다.

"내가 평생을 연구하고, 수많은 논문으로 경고했던 경제 시스템의 총체적 붕괴… 그것조차도 이제 와 보니 그저 그림자에 불과했소. 진정한 붕괴, 가장 근본적인 붕괴는 인간의 마음속에서, 인간성이라는 토대가 무너지면서 일어나고 있소. 시장이 무너진 것이 아니라, '인간의 양심'이 무너진 거요."

영수는 자리에 앉아 있었지만, 그의 정신은 현실을 초월한 깨달음의 공간에 머물러 있었다. 주변의 대화는 희미한 배경음처럼만 느껴졌다.

그의 머릿속에서는 어머니의 노트에 적힌 글자들과 눈앞에서 벌어지는 사건들이 서로를 찾아 연결되고 있었다. 마치 오랫동안 풀지 못했던 수수께끼의 단서들이 하나둘 모여들어 완성된 그림을 드러내는 순간과 같았다.

그가 창밖으로 목격한 세상의 혼란은 더 이상 의미 없는 사건들이 아니었다. 그것은 성경의 경고가 현실이 되어 구현되는 과정이었다. 마치 운명처럼 예정된 흐름이었고, 모든 것은 필연적으로 이 자리를 향해 흘러왔다.

이 깨달음은 그에게 새로운 시각을 선사했다. 더 이상 불안과 두려움에 사로잡힐 필요가 없었다. 비록 앞으로 닥칠 시련이 험난할지라도, 이 모든 것이 우연이 아니라는 사실이 그의 마음에 평정심을 심어주었다. 이 혼란 그 자체가 궁극적인 목적이 아니라, 훨씬 더 무서운 어떤 '새로운 질서'가 등장하기 위해 반드시 거쳐야 할 전주곡에 불과하다는 것을 그는 직감적으로 이해하고 있었다.

그리고 전 세계가 최악의 혼란과 절망의 수렁에 빠져 허우적거리던 바로 그 시점, 갑자기 상황이 반전되기 시작했다. 몇 주째 죽은 듯이 꺼져 있던 도시의 거대 전광판들이 일제히 켜지며 한 인물의 당당한 모습을 비추기 시작한 것이다. 그는 자신을 '마르쿠스 율리우스(Marcus Julius)'라고 소개하는 인물이었다.

간헐적으로 복구된 TV 방송과 라디오 파장을 통해 그의 연설이 전 지구적으로 동시 중계되기 시작했다.

"지구의 시민 여러분, 저는 여러분에게 평화를 가져오기 위해 왔습니다."

그의 목소리는 강력한 권위를 느끼게 하면서도 동시에 깊은 신뢰와 위로를 전하는 따뜻함을 담고 있었다. 화면 속에 비친 그는 너무도 완벽하게 잘 다듬어진 카리스마 넘치는 외모에 날카로우면서도 공정해 보이는 사람의 마음을 꿰뚫어 보는 듯한 예리한 눈빛을 하고 있었다.

"우리는 모두 지금까지 인류 역사상 전례 없는 위기를 함께 겪고 있습니다. 어둠이 도시를 삼키던 그날, 우리의 사랑하는 가족과 친구들이 이유도 없이, 흔적도 없이 우리 곁에서 사라졌습니다.

아침까지 함께했던 가족이 저녁 식탁에는 빈자리만 남겼습니다. 출근길에 헤어졌던 연인이 영원히 돌아오지 않았습니다. 친구와 나눈 대화의 마지막 메시지가 영원히 '읽지 않음' 상태로 남아 있습니다.

그들은 거리에서 걸어가다가, 차를 운전하던 중에, 자고 있던 집에서 그냥 사라졌습니다. 남겨진 사람들에게는 아무런 설명도 없이 어디로 갔는지, 왜 사라졌는지에 대한 답변은 영원히 회피되고 있습니다.

이것은 단순한 실종 사건이 아닙니다. 이것은 우리의 가장 소중한 것들을 무자비하게 앗아가는, 설명할 수 없는 공포의 시작입니다. 그리고 우리는 알고 있습니다.

우리가 수백 년에 걸쳐 쌓아 올렸던 문명과 질서는 순식간에 먼지가 되었지요. 하지만, 이 절망이 끝은 아닙니다. 이것은 인류가 새로운 시작을 위해 반드시 거쳐야 할 시험입니다. 저, 마르쿠스 울리우스는 여러분 앞에 약속합니다. 이 혼란을 빈드시 종식히고 인류에게 진정한 질서와 번영 그리고 공정과 상식이 통하는 평화로운 세상, 행복한 세상을 만들어 드리겠습니다."

그는 자신이 이끄는 '지구 통합 연합(GUA)'이 활동하여 이미 세계 주요 국가들의 완전한 권한과 주권을 위임받았으며, 국가 간의 모든 분쟁과 전쟁을 즉시 종식하고 단일 정부 체제를 수립할 것이라고 장엄하게 선언했다. 놀랍게도 그의 연설이 있고 난 뒤, 전 세계에서 벌어지고 있던 수많은 지역 분쟁과 내전 소식이 기적처럼 끊겼다.

영수는 이 모든 장엄한 광경을 보며 등골이 오싹해지는 것을 느꼈다. 이것이 바로 어머니의 노트에 자세히 기록되어 있던, 요한계시록 6장 2절의 예언 그 자체였다.

내가 이에 보니 흰 말이 있는데 그 탄 자가 활을 가졌고 면류관을 받고 나가서 이기고 또 이기려고 하더라.

흰 말을 탄 자는 바로 적그리스도를 상징한다. 그는 마치 구원자처럼, 거짓된 평화와 교묘한 정복으로 위기를 극복하는 '메시아'처럼 등장한다. 그가 받은 '면류관'은 승리의 월계관으로, 그의 등장은 결코 평화롭지 않으며, 맹렬한 정복 전쟁을 동반할 것임을 암시했다.

철권통치의 서막

마르쿠스의 등장과 거의 동시에, 서울을 비롯한 세계 주요 도시들에는 갑자기 GUA의 자칭 '평화 유지군'이 모습을 드러내기 시작했다. 그들이 나타난 것은 혼란이 절정에 달했을 때였다. 거리를 점거했던 약탈자들과 폭도들 사이에서, 한 줄기의 빛처럼 아니, 오히려 차가운 메스처럼 그들이 모습을 드리냈다.

그들의 제복은 우리가 알던 어떤 군복보다도 기능적이었고, 광선검처럼 은은하게 푸른 빛을 띤 장비들은 마치 100년 후 미래에서 건너온 듯했다. 반투명 투구 아래에서는 감정이라고는 찾아볼 수 없는 얼굴들만이 드러났다.

그들은 말없이 움직였다. 하나의 거대한 유기체처럼. 도시의 주요 거점을 순식간에 장악했고, 아수라장이었던 거리는 단 몇 시간 만에 묘한 정적에 휩싸였다. 하지만 그들이 가져온 것은 안도감이 아닌, 새로운 공포였다. 시민들은 자신도 모르게 길을 비켜섰고,

그들의 발걸음 소리만이 죽음처럼 고요한 거리에 메아리쳤다.

이것이 질서의 회복이었을까, 아니면 훨씬 더 체계적인 통치의 시작이었을까. 그들이 남긴 자리는 대화나 설득이 아닌, 완벽하게 계산된 강압의 흔적이었다. 약탈자들과 폭력배들은 즉시 제압되었다. 그들은 수 천대의 군용 장비와 민간 장비를 총동원하여 도로를 막고 있던 차들을 신속하게 정리했다. 한정적이지만 전기가 다시 들어오고 물 공급이 일부 지역에 다시 시작되었다.

처음에는 공포에 질렸던 시민들도 이 새로운 '질서'를 보며 안도의 한숨을 내쉬었다. 그러나 마르쿠스의 진정한 의도와 야망은 그리 오래지 않아 서서히, 그러나 확고하게 그 본색을 드러내기 시작했다. 그는 전 세계적인 비상사태를 선언하고, 모든 시민의 '안전'과 '효율적인 자원 배분'이라는 그럴듯한 명목 아래 '통합안전카드'의 전면적·의무적 적용을 칙령처럼 내렸다.

"이 카드는 가장 간편하면서 여러분의 안전을 보장하는 유일한 보험입니다."

마르쿠스의 최측근 중 한 명이 TV 화면에 등장해 유창하게 설명했다.

"모든 개인의 신원 정보와 건강 기록, 그리고 공정한 자원 배급 제도가 이 한 장의 카드에 연결됩니다. 이를 통해 더 이상의 불평등과 혼란은 과거의 이야기가 될 것입니다."

처음에는 모두가 이 카드를 단순한 신분증이나 긴급 조치로만 생각했다. 그러나 현실은 그렇지 않았다.

이 작은 플라스틱 조각이 없으면, 정부가 지정된 장소에서 배급하는 최소한의 식량 한 끼니조차 받아 갈 수 없었다. 생수 한 병, 기본 의약품 한 팩까지도 카드의 찍히는 '딸깍' 소리에 달려 있었다.

더 무서운 것은 이동의 자유마도 완전히 통제당한다는 것이었다. 카드 없이는 버스나 지하철을 이용할 수 없을 뿐만 아니라, 지정된 구역을 벗어나려는 순간 곳곳에 설치된 검문소에서 걸려들었다. '귀하의 구역 이탈은 허가되지 않았습니다'라는 기계적인 안내음과 함께 발밑에 그어진 보이지 않는 선은 결코 넘을 수 없는 철의 장벽이 되었다.

이 카드는 이름처럼 '안전'을 주기는커녕, 오히려 우리의 모든 행동을 감시하고 통제하는 족쇄가 되어버렸다.

이것은 어머니의 노트에 빨간 줄이 그어져 있던 요한계시록 13장 16~17절의 예언, '저가 모든 자 곧 작은 자나 큰 자나 부자나 빈궁한 자나 자유한 자나 종들로 그 오른손에나 이마에 표를 받게 하고 누구든지 이 표를 가진 자 외에는 매매를 못 하게 하니'의 초기 형태와 다름없었다. 이는 본격적인 '짐승의 표' 시스템이 도입되기 위한 서막에 불과했다.

'질서 회복'의 다음 단계로, 완전한 통행금지를 시행하겠다고 발표했다. 그들은 시민의 불편은 아랑곳없이 저녁 8시를 통행금지 시간으로 정했다. 해가 지평선 아래로 완전히 사라지자, 도시에는 이상한 고요가 내려앉았다. 낮 동안의 활기찬 거리는 순식간에 텅 비어 유령 도시처럼 변했고, 가로등만이 일정한 간격으로 깜빡이며 불안한 빛을 흘렸다.

공포는 공기 중에 스멀스멀 퍼져나갔고, 사람들은 재빨리 집으로 돌아가 문을 걸어 잠그며 숨을 죽였다. GUA 병사들은 완전히 무장한 채로 해가 진 후 도시를 장악했다. 그들의 군화 소리는 텅 빈 거리마다 메아리쳤으며, 헬멧에 달린 적외선 카메라가 어둠 속을 스캔하는 붉은 빛줄기는 공포의 상징이 되었다.

그들은 호루라기 소리 하나로 시민들을 제압했다. 통금 시간을 1분이라도 어기거나, 그들의 지시에 조금이라도 더디게 반응하기만 해도 즉시 진압봉과 전기 충격기가 동원되었다. 벽에 체제를 비판하는 낙서가 발견되면, 해당 구역 전체가 즉시 봉쇄되고 모든 주민이 연행되었다.

이러한 강압적 통치는 '질서 유지'라는 이름으로 정당화되었지만, 실제로는 시민들의 목소리를 완전히 억압하는 철의 장갑이었다. 매일 밤 도시는 GUA의 군화 소리에 떨었고, 공포는 사람들의 마음속에 깊이 뿌리내렸다.

8시 1분이 되자, 거리에는 무거운 엔진 소리가 메아리치기 시작했다. 검은색 트럭들이 도시의 각 주요 도로에서 나타나 유령처럼 조용히 다가왔다. 그 트럭들은 차창이 완전히 검은 색으로 색칠되어 있어 안이 전혀 보이지 않았고, 차체에는 어떤 표식도 없었다.

한 노인이 허리에 손을 대고 재빨리 집으로 돌아가고 있었다. 그는 아내가 아파서 약을 사러 나온 것이었다. 트럭이 그 옆에 멈추자 두 명의 GUA 군인이 뛰어내려 노인의 팔을 붙잡았다.

노인이 "제발, 제발, 저는 그냥 약을…."이라고 애원했지만, GUA 마크를 단 군인은 무표정하게 그를 트럭 안으로 밀어 넣었다. 트럭 문이 닫히는 소리는 공허하게 울렸다.

한 여대생이 지하철역에서 나와 종종걸음으로, 집으로 향하고 있었다. 그녀는 이른 아침에 시험을 보러 학교에 갔고, 교수님의 지도로 조금 늦어졌다. 그녀는 휴대폰으로 부모님께 문자를 보내려고 했지만, 트럭이 이미 그녀 앞을 가로막고 있었다. 그녀의 비명은 트럭 문이 닫히면서 끊겼고, 바닥에 떨어진 핸드백만이 그녀가 존재했음을 증명했다.

이런 끔찍한 일들은 도시 곳곳에서 동시에 벌어졌다. 어떤 이들은 길을 건너다 끌려갔고, 어떤 이들은 버스 정류장에서 기다리다 잡혀갔으며, 어떤 이들은 아파트 현관 바로 앞에서 붙잡혔다. 트럭은 마치 예정된 경로를 따라 움직이는 것처럼 효율적으로 사람들을 잡아갔다.

끌려간 사람들의 가족들은 공포에 떨며 창문 너머로 이 광경을 지켜볼 수밖에 없었다. 한 어머니는 아들이 끌려가는 것을 보고 필사적으로 112에 전화를 걸었지만, 통화는 즉시 끊겼다. 그녀는 나중에 자신의 휴대폰이 완전히 신호가 없어진 것을 발견했다.

도시의 통신망은 교묘하게 차단되었다. 끌려간 사람들은 휴대폰으로 가족들에게 연락을 시도할 수 없었고, 인터넷도 끊겨졌다. SNS에는 이 사건에 대한 어떤 이야기도 올라오지 않았고, 모든 것은 마치 거대한 검은 구멍에 삼켜진 것처럼 조용했다.

텔레비전과 라디오, 모든 공식 매체는 하나같이 같은 메시지를 반복했다.

"GUA의 결단력 있는 조치 덕분에 혼란은 종식되었습니다. 이제 도시에는 안정과 질서가 찾아왔습니다."

화면에는 깨끗이 정리된 거리와 질서 정연하게 줄 서 있는 시민들의 모습만이 반복적으로 방송되었다. 언론은 GUA의 통합안전

카드 제도를 '효율적인 자원 배분을 위한 획기적인 시스템'으로 칭송하며, 이를 거부하는 이들을 '사회적 혼란을 조장하는 일부 극소수'라고 규정했다.

공영 방송은 18세 이상 성인 남녀 1만 명을 대상으로 실시한 최신 여론조사 결과를 특별 보도하며, 화면 가득 '국민의 73.4%, GUA 체제지지'라는 자막을 강조했다.

앵커는 통합안전카드 제도가 '혼란기를 극복한 필수 조치'라는 전문가의 해석을 인용하며, 시민 대다수가 안정을 찾았다는 통계를 신뢰할 수 있는 수치라고 보도했다.

보도에는 길에서 인터뷰에 응한 시민들의 모습도 등장했다.

GUA 지도자가 공개 연설에서 "주가시수 1만 포인트 시대를 열겠다"라고 공언한 직후, 증시는 기적 같은 반등을 시작했다. 기업의 영업실적은 최악을 달리고 있었지만, 장 초반부터 폭등세를 보이더니 연일 상승장을 이어가며 매일 매일 역사적 고점을 경신했다.

증권가에는 오랜만에 활기가 돌았다. 수년째 침체에 시달려오던 개미 투자자와 기관 투자자들이 모두 탄성을 지르며 환호했다. 거래소에는 오랜만에 북적이는 인파가 몰렸고, 스마트폰 앱을 통해 주가를 확인하는 시민들의 얼굴에도 희망이 번졌다.

"드디어 빛을 보는구나!"

"GUA가 공약한 1만 포인트가 정말 실현되는 거 아니야?"

수년째 투자 원금 이하로 묶여있던 소액 투자자들은 원금을 회복하거나 거의 회복 단계에 접어들었다. 모두 GUA 공약을 대환영했다.

주변에서 이런 목소리들이 들려올 때마다 많은 이들이 그 말을 믿고 싶어 했다. 그들은 주식 계좌에 늘어난 숫자들을 보며, 마침내 어두운 터널을 빠져나올 수 있을 것이라는 기대에 부풀어 올랐다. 이 경제적 활황은 GUA 체제에 대한 신뢰를 더욱 공고히 하는 듯 보였다.

"이제야말로 진정한 평화를 느낍니다"라고 말하는 중년 남성, "그동안 원금을 거의 다 까먹은 주가도 회복되고 배급 시스템 덕분에 생계 걱정이 없어요"라고 전하는 주부의 증언이 이어졌다.

그러나 방송에는 나타나지 않은 여론조사 과정에서의 강압적 분위기나 응답을 독촉하는 현장의 압박 혹은 조사 자체의 객관성에 대한 의문은 단 한 줄도 언급되지 않았다. 오직 압도적인 지지율 숫자만이 반복적으로 강조되며, GUA 체제의 정당성을 입증하는 듯했다.

신문 1면에는 '새 시대의 서막, GUA가 이끄는 인류의 재도약'

이라는 제목의 특집 기사가 실렸고, 유명 논평가들은 "필요한 때에 필요한 체제가 등장했다"라며 GUA의 강력한 통치를 지지하는 의견을 쏟아냈다.

이렇게 조성된 낙관적인 분위기 속에서, 그들이 약속한 '평화'가 실은 '침묵'이라는 사실을 의심하는 이는 점점 줄어들었다.

하지만 트럭은 알 수 없는 교육장으로 사람들을 실어 나르기 시작했다. 그 교육장은 도시 외곽 어딘가에 있었고, 정확한 위치는 아무도 알지 못했다. 어떤 이들은 그것이 오래된 공장이라고 말했고, 어떤 이들은 지하 벙커라고 말했으며, 또 어떤 이들은 외딴 산 속의 기지라고 말했다.

한편, 거리에는 새로운 포스터가 붙여졌다. '야간 외출 금지, 안전제일'. 그러나 그 포스터에는 발행 기관이 명시되어 있지 않았다.

공포는 도시 전체를 뒤덮었고, 이웃들이 한 사람 두 사람 연행되어 가면서 서로를 의심하기 시작했다. 이웃들도, 친구들도 더 이상 믿을 수 없게 되었다.

공포는 짙은 안개처럼 도시 전체를 뒤덮었다. 어둠이 내리면 사람들은 서로의 시선을 피했고, 이웃의 발소리에도 경계심을 늦추지 않았다.

"옆집에서 어젯밤에 무슨 소리가 났던 것 같아. 그 사람, GUA에 무슨 말을 했을지도 몰라."

이런 의심은 사람들 사이를 서서히 갈라놓았다. 오랜 친구도, 한동안 보이지 않으면 '그쪽 사람'이 되었는지 걱정해야 했다. 가족끼리도 '통합안전카드'에 대한 생각이 다르면 다툼이 일어나기 일쑤였고 대화를 피하게 되었다.

신뢰는 바닥을 쳤다. 누군가 다가오면 '내게 무슨 목적이 있을까?' 먼저 생각하게 되었고, 혼자 있는 것이 더 안전하다고 느껴질 정도였다. 이렇게 모두가 서로를 견제하고 두려워하는 사이, GUA의 통치는 더욱 확고해져만 갔다. 해가 질 때마다, 모든 사람은 자신이 다음 표적이 될지 모른다는 두려움에 떨며 문 뒤에 숨어 거리를 순찰하는 트럭의 소리에 귀를 기울였다. 처음에는 혼란을 막기 위한 필요 조치처럼 포장되었지만, 실상은 시민들의 일거수일투족을 감시하고 통제하며 어떤 저항의 싹도 조기에 뽑아버리기 위한 본격적인 통치 수단이었다.

어머니의 아파트에 모인 일행은 이 모든 상황을 창문 너머로 두려운 마음으로 지켜보았다.

김길부 교수가 창밖을 내리치는 GUA 군용 차량의 경적을 들으며 고개를 저었다.

"내가 두려워했던 바로 그 시대, 철권통치의 시대가 시작되었소. 이선화 여사의 노트에 기록된 대로, 그들은 '편리함'과 '안전'이라는 달콤한 이름으로 우리의 자유를 조각조각 빼앗고 있어."

강영철 교수는 더 이상 의심의 여지가 없었다. 그는 과학자로서의 신념이 무너지는 소리를 마음속으로 들은 듯했다.

"그들이 사용하는 첨단 기술과 시스템은… 과학의 이름을 더럽히고 있어. 과학은 인간을 해방하고 삶을 윤택하게 해야 하는 도구였소. 그런데 저것들은, 저 첨단 기술들은 인간을 감시하고 속박하는, 가장 효율적인 감옥을 짓는 도구가 되었어."

영수는 어머니의 노트를 꽉 움켜쥐었다. 노트에는 첫째 봉인이 떼어질 때 나타나는 '흰 말 탄 자'에 대한 상세한 설명이 빼곡히 적혀 있었다.

그는 면류관을 쓰고 있으며, 활을 들고 나아가서 이기고 또 이긴다.

이는 마르쿠스가 카리스마와 무력을 병행하여 세계를 정복하고 통치할 것임을 의미했다. 특히 노트의 여백에는 어머니의 필체로 작게 쓰여 있었다.

> 예수 그리스도가 재림하실 때는 입에서 예리한 검(하나님의 말씀)이
> 나오지만, 적그리스도는 인간의 무기인 '활'을 사용한다. 인간의 힘과
> 속임수로 승리하는 자.

통행금지가 본격적으로 시행되기 직전, '깨어남' 커뮤니티의 한 신뢰할 수 있는 연락원이 위험을 무릅쓰고 그들의 아파트를 찾아왔다. 그는 '찬수'라는 가명을 사용하는 젊은 해킹 기술자이자 프로그래머였다.

"상황이 매우 급합니다. 마르쿠스의 시스템은 이미 전 세계 통신망의 70% 이상을 장악했습니다."

찬수가 숨을 헐떡이며 허둥지둥 설명했다.

"지금의 '통합안전카드'는 1단계에 불과해요. 다음 단계는 피부 아래에 이식하는 생체 칩입니다. 그것이 바로 요한계시록이 경고한 진정한 의미의 '짐승의 표'예요."

그는 '깨어남' 커뮤니티가 목숨을 걸고 입수한 GUA의 내부 기밀 문서 일부를 태블릿으로 보여주었다. 문서에는 마르쿠스의 조직이 휴거 사건을 의도적으로 이용해, 사라진 자들을 '사회에 부적

합하고 위험한 불안정한 존재'로, 남겨진 자들을 '인류의 미래를 건설할 선택받은 엘리트'로 세뇌하는 체계적인 선전 계획이 상세히 기록되어 있었다.

"저희는 이 정보를 가능한 한 많은 사람들에게 퍼뜨려야 합니다. 사람들을 깨워야 해요. 아직은 때가 늦지 않았습니다."

찬수가 간절한 어조로 주장했다.

이 충격적인 정보는 영수와 그의 동료들에게 모든 것을 확신시키기에 충분한 결정적인 단서였다. 그들은 이제 단순히 하루하루를 버티는 생존이 아닌, 다가올 환란시대에 대비하고 진리를 지키기 위한 본격적인 저항의 길을 준비해야 함을 절감했다. 그들의 작은 아파트는 이제 불안정한 세계 속에서 진리를 수호하는 최전방 작은 전초 기지가 되었다.

새로운 여정의 시작

그날 밤, 그들은 긴급한 회의를 열었다. GUA의 통제가 날로 강화되고, 등록되지 않은 시민들에 대한 색출 작업이 본격화된다는 소식이 들려왔기 때문이다. 더는 미룰 수 없었다.

"우린 여기에 머무를 수 없어요."

영수가 촛불 아래에서 모두의 얼굴을 돌아보며 단호하게 말했다.

"GUA의 통제가 강화되면, 우리처럼 신원을 노출하지 않은 사람들은 첫 번째로 표적이 될 것입니다. 강제 수용소에 가는 것은 시간문제일 뿐입니다."

그는 어머니의 노트를 가슴에 품어 안았다.

"하지만 어머니의 노트에는 이 같은 혼돈의 시대를 믿음으로 견디는 자들에 대한 하나님의 약속이 기록되어 있어요. 우리는 단순히 숨는 것이 아니라, 이 깊은 어둠 속에서 그분의 말씀이라는 등불을 밝혀야 하는 자들입니다."

그들은 각자 간단한 생필품과 약품, 그리고 어머니의 성경과 노트만을 가볍게 챙겼다. 무거운 짐은 오히려 발목을 잡을 뿐이었다. 목적지는 찬수가 위험을 무릅쓰고 알려준, '깨어남' 커뮤니티가 운영하는 비밀 안전 기지 중 한 곳이었다. 그곳은 폐허가 된 지하철 대피소 깊은 곳에 있었다.

그들이 마지막으로 고요한 아파트를 떠나 칠흑 같은 어둠 속으로 사라지는 동안, 도시의 중심가에 세워진 거대 전광판들은 여전히 마르쿠스 울리우스의 당당하고도 위엄 있는 모습을 역동적으로 비추고 있었다. 화면 속 그는 마치 온 세계를 손아귀에 쥔 구세주처럼 보였지만, 그의 그림자 뒤로는 첫째 봉인이 해제되며 촉발된 전쟁의 공포, 기근의 고통, 죽음의 공포라는 검은 그림자가 서서히 확실하게 세상을 뒤덮어 가고 있었다.

그들의 새로운 생존과 저항의 여정이 시작되었다. 앞으로 펼쳐질 길은 험난하고 예측할 수 없는 위험으로 가득했다. 그러나 그들은 비로소 깨달았다. 자신들이 '남겨진 자'이기보다, 이 시대에 특별한 소명을 위해 '선택받은 자'라는 것을. 그들의 진정한 싸움, 믿음과 거짓된 권세 사이의 영적 전쟁은 이제 막 그 막을 올린 것이었다. 적그리스도의 화신과도 같은 흰 말의 기사가 역사의 무대에 등장했고, 인류 문명사상 가장 암울하고도 위험한 시대의 서곡이 연주되고 있었다.

한편, 그들이 도착한 지하철 대피소 안의 공기는 습기와 절망감으로 무거웠다. 영수는 찬수가 가져온 최신 소식에 마음이 편치 않았다.

"안 좋은 소식이야."

찬수가 목소리를 낮추며 말했다.

"GUA가 공식 발표했어. 우리 '깨어남' 커뮤니티와 모든 비판 세력을 '테러리스트'로 규정하고, 본격적인 진압 작전에 돌입한다고 해. 이제 우리는 목숨을 걸고 움직여야 해."

이 말을 들은 옆에서 들은 강영철 교수는 깊은 절망감에 고개를 절레절레 저었다. 그의 얼굴에는 평생을 바쳐 섬겨왔던 지식의 체계에 대한 배신감이 서려 있었다.

"인류의 이성과 과학 문명이 이룩해 낸 최후의 모습이… 바로 이 모양, 이 꼴이라니."

그의 목소리는 매우 무기력했다.

"모든 기술과 지식이 오히려 인류를 옥죄는 도구로 전락하다니… 참으로 안타까운 일이야."

창문 너머로 GUA 병사들의 그림자를 바라보던 김길부 교수가 냉소를 흘리며 중얼거렸다.

강영철 교수의 얼굴은 한껏 초췌해 있었다. 창백한 피부는 마치 달빛에 오래 젖어 빛을 잃은 종이 같았고, 눈가에는 피로와 절망의 그늘이 짙게 깔려 있었다. 오랜 숨어 지내는 생활과 생의 마감이 코앞으로 다가온 것을 똑똑히 보면서도 아무것도 할 수 없다는 무기력감이 그의 정신을 서서히 갉아먹고 있었다. 그의 온몸에서 느껴지는 것은 피로감이었고, 포기하고 싶은 마음뿐이었다.

그가 입을 열었을 때, 목소리는 힘없이 떨렸다. 공기를 가르기조차 버거워 보이는 나직한 목소리였지만, 그 속에는 굳은 신념의 알맹이가 자리 잡고 있었다.

"과학 자체에는 결코 문제가 없소, 김 교수."

그는 흐릿한 눈빛으로 김길부 교수를 바라보며 말을 이었다.

"그 끊임없이 탐구하고 밝혀내려는 순수한 지적 호기심, 그 자체는 마치 별빛처럼 맑고 아름다운 것이지."

강영철의 눈에 잠시라도 반짝이던 지적 열정은 곧 안개 속으로 스러졌다.

"하지만 진정한 문제는… 과학이라는 날카로운 칼을 손에 쥔 인간의 끝없는 욕심과, 이미 타락해 버린 마음에 있소."

그는 자신도 모르게 떨리고 있는 두 손을 모아 무릎 위에 올려놓았다. 마르고 가느다란 손가락들이 서로 얽히며 간신히 중심을 잡는 모습이 그의 심정처럼 흔들리는 듯했다. 그러나 그러한 신체의 나약함과는 반대로 그의 목소리에는 점점 굵은 열기가 서려 들기 시작했다. 억눌린 분노와 통렬한 비판이 실린 그 목소리는 공기를 가르며 점점 힘을 얻었다.

"우리가 그토록 간절히 꿈꿨던, 인류의 족쇄를 풀어주고 삶을 진정으로 풍요롭게 할 그 모든 기술이 말이오."

그의 음성에는 깊은 배신감이 스며들어 있었다. 오래된 친구를 탓하는 것처럼, 아니 그 이상으로 격한 실망이 담겨 있었다.

"그런데 지금, 그 기술들은 무엇을 하고 있는가? 이제 그것들은 역설적으로 우리를 옥죄는 가장 강력한 새 족쇄로 변모해 가고 있소. 가장 정교하고 진보한 그 기술들이 역사상 그 어느 시대보다도 완벽하고 교묘한 독재의 그물을 짜는 데 이용되고 있어."

그는 말을 이어가며 마치 눈앞에 보이지 않는 적을 응시하는 듯한 날카로운 시선을 유지했다.

"곳곳에 설치된 감시와 우리의 숨소리까지도 통제하려는 그 모든 장치가 과학이라는 고귀한 이름으로 효율이라는 그럴듯한 이름으로 아무렇지도 않게 정당화되고 있소. 누군가는 이것을 발전이라고 부르지만, 내 눈에는 문명의 역주행으로만 보일 뿐이오."

말을 마친 그는, 그렇게 쏟아낸 무거운 단어들에 지친 듯 깊은 한숨을 내쉬며 창밖을 응시했다. 창 너머로 펼쳐진 거리는 한낮의 평온함을 가장하고 있었지만, 그의 예리한 눈에는 그 고요함 속에 숨겨져 보이지 않는 통제의 그물망이 선명하게 드러났다.

수많은 센서와 카메라 그리고 우리의 삶을 실시간으로 추적하는 데이터로 이루어진 그 보이지 않는 벽이 마치 유리 장벽처럼 도시를 에워싸고 있었고 그것이 그의 가슴을 무겁게 짓누르는 것을 느낄 수 있었다.

'이것이 바로 우리가 마주한 현실이다.'

그 깨달음은 그에게 나아올 종말보다도 디 큰 공포였고, 그 생가은 그의 어깨를 한층 더 무겁게 내리누르는 듯했다.

평화를 빼앗긴 도시

다음 날 아침, 그들은 도시 곳곳에서 울려 퍼지는 폭발음과 총성으로 잠에서 깨어났다. GUA의 군용 드론이 하늘을 위협적으로 떠다녔고, 거리에서는 간헐적으로 총소리와 함성이 뒤섞여 끊이지 않고 들려오고 있었다. 평화라는 것은 순간의 착각에 불과했다.

"빨리! 문을 닫아! 모두 안으로 들어와!"

강영철 교수가 비명에 가까운 목소리로 외쳤다.

그들이 필사적으로 지하 대피소의 무거운 철제 문을 닫아 걸쇠를 채우는 사이, 밖에서는 사람들의 비명과 군인들의 명령, 그리고 차량 경적이 뒤엉켜 들려왔다. 문을 닫는 마지막 순간, 지하철 벽이 흔들릴 정도로 강력한 폭발음이 가까운 거리에서 울려 퍼졌고, 먼지와 잔해가 문틈으로 스멀스멀 들어왔다.

"이것이… 어머니께서 말씀하셨던…."

영수가 어머니의 노트를 꽉 움켜쥐며, 공포와 확신이 섞인 눈빛으로 중얼거렸다.

"둘째 봉인, 붉은 말의 시대… 전쟁의 시대가 시작된 거야."

그때, 찬수가 낡은 라디오를 들고 와서 볼륨을 높였다. 마르쿠스 울리우스의 차갑고도 권위적인 목소리가 전파를 타고 흘러나왔다.

"모든 소위 저항 세력은 국가를 파괴하려는 테러리스트에 불과합니다. GUA는 이 불량 세력을 반드시 뿌리 뽑고 완전한 질서를 되찾을 것을 약속합니다. 그들의 말은 거짓이며, 우리의 평화만이 유일한 진리입니다."

한 달이 지나자, 상황은 나아지기는커녕 먹구름이 짙게 드리운 겨울날처럼 더욱 깊은 암흑 속으로 삐져들었다. GUA의 식량 배급량은 눈에 띄게 줄어들었을 뿐만 아니라, 배급 간격도 불규칙해져 사람들의 불안감을 더욱 짙게 했다.

배고픔에 파고드는 허기와 체념이 스민 눈빛으로 사람들은 길게 늘어선 배급 줄에 서야만 했다. 그들의 손에는 생존의 유일한 열쇠이자 족쇄와도 같은 '통합안전카드'가 꽉 쥐어져 있었다. 희망이라는 단어는 허기와 체념에 삼켜져, 굶주림과 공포의 그림자 속으로 조금씩 사라져 가고 있었다.

지하 대피소 안의 상황은 절망으로 달렸다. 예전에는 위험을 무릅쓰고 외부로 나가면 어떻게든 구할 수 있던 식량도 이제는 거의 사라졌다.

공동체의 생명줄과도 같았던 식량 창고는 더 이상 채워지지 않았고, 바닥을 드러낸 빈 창고는 마치 희망이 고갈된 이곳의 현실을 적나라하게 보여주는 상징과도 같았다. 공기 중에 맴도는 것은 습기와 체취뿐만 아니라, 날이 갈수록 짙어지는 절망의 무게였다.

"이게 전부야. 오늘도 쌀 한 줌과 통조림 하나, 그리고 물 반병이 전부라니."

강영철 교수가 하루를 버티기도 어려운 배급품을 내려놓으며 깊은 한숨을 내쉬었다.

옆에서 김길부 교수가 휴대용 계산기를 두드리며 암담한 현실을 확인했다.

"암시장에서 쌀 한 가마니값이 금반지 하나와 맞먹는 세상이 되었소. 정말로… 요한계시록에 예언된 그 저울 시대, 검은 말의 시대가 우리 눈앞에 펼쳐지고 있소."

영수는 대피소 구석에서 부모를 따라 숨어 지내는 배고픈 아이들을 바라보며 가슴이 찢어지는 것만 같았다. 아이들의 눈에는 놀이에 대한 즐거움 대신 굶주림과 두려움이 가득했다.

"어머니 노트에 분명히 적혀 있었어… 셋째 봉인, 검은 말을 탄

자가 손에 저울을 들고나온다고. 기근의 시대… 그때가 정말로 왔어.”

그들은 더 이상 가만히 있을 수 없었다. 각자의 지식과 재주를 모아 연명의 끈을 잡기로 했다.

김길부 교수는 생존을 위한 물물교환을 주선하기 시작했다.

“영수야, 오늘은 우리 대피소에 열이 난 사람들이 많아. 약이 절실히 필요하네. 내가 오늘 구할 수 있는 식량으로 약을 바꾸어 올게.”

강영철 교수는 과학자로서의 지식을 동원했다.

“기억나느냐, 내가 전에 가르쳐 준 것처럼, 이 근처에서 자라는 보기엔 평범한 이 풀 중에는 약조가 되어 주는 것들이 있단다. 내가 직접 가르쳐 주마. 어떤 것은 상처에, 어떤 것은 열에 좋지.”

한편, 찬수는 늘 컴퓨터 앞에 앉아 해킹을 통해 정보를 수집하고 통신 경로를 유지했다.

“상황이 좋지 않아. GUA가 우리의 통신 신호를 추적하는 것 같아. 즉시 통신 방식을 바꾸고 암호화 수준을 높여야 해.”

그러던 어느 날, 찬수가 희망적인 정보를 가지고 왔다.

“들어 봐! GUA의 비상 물자 창고 위치 하나를 알아냈어. 정보에 따르면 거기에 식량과 의약품이 상당량 비축되어 있을 거야."

그들은 즉시 위험한 작전을 결행하기로 했다. 깊은 밤을 이용해 그림자처럼 도시를 가로지르며 GUA 창고를 향해 이동했다. 길목마다 GUA 군인들의 경계 순찰이 삼엄했다.

"잠깐, 조용히 하세요."

영수가 벽에 몸을 붙이고 귀를 기울이며 속삭였다.

"왼쪽 골목에서 발소리가 나요. 적어도 두 명은 되는 것 같아요."

그들은 숨을 죽이고 그림자 속으로 스며들듯 조심스럽게 지나갔다. 마침내 창고에 도착했을 때, 무거운 자물쇠가 그들의 앞을 가로막았다.

"내가 할 수 있어."

찬수가 주머니에서 작은 도구 세트를 꺼내 은밀하게 자물쇠를 해체하기 시작했다. 몇 분의 긴장된 시간 끝에 '딸깍' 소리와 함께 문이 열렸다.

창고 안에는 생명과 같은 식량과 물자 상자들이 산처럼 쌓여 있었다. 강영철 교수가 가장 가까운 상자를 열어 확인했다.

"이거야! 식량이야! 여기엔 통조림과 밀가루, 쌀이 많이 들어 있어!"

그들이 서둘러 식량을 배낭에 나르던 바로 그때, 갑자기 날카로운 경보음이 온 창고를 뒤흔들었다.

"잡았다, 테러리스트 놈들!"

GUA 군인들이 문을 부수며 우르르 쏟아져 들어왔다.

"당장 도망쳐! 흩어져서!"

김길부 교수가 목숨을 걸고 외쳤다.

그들은 기적적으로 포위망을 뚫고 탈출하는 데 성공했지만, 안타깝게도 많은 식량을 놓치고 말았다. 지친 몸을 이끌고 대피소로 돌아온 그들은 패배감에 짓눌려 있었다.

"실패했어… 우리의 노력이…"

영수가 지친 몸을 바닥에 주저앉으며 절망적인 목소리로 중얼거렸다.

그러나 찬수는 의외로 희미한 미소를 지었다.

"아니, 완전한 실패가 아니야. 그들이 우리를 쫓는 사이 나는 그들의 통신망에 잠깐 접속하는 데 성공했어. 이제 그들의 일부 이동 경로와 통신을 미리 알 수 있을 거야. 이건 큰 수확이야."

김길부 교수는 지친 영수의 어깨를 따뜻하게 토닥이며 말했다.

"그렇다, 우리는 포기하지 않을 거야. 너의 어머니, 이선화 여사의 노트에 쓰인 대로, 이 모든 고난과 시련도 반드시 지나갈 것이 며, 우리는 끝까지 믿음을 지켜내야 한단다."

다음 날 아침, 그들은 작지만, 감사한 기적을 발견했다. 대피소 뒤쪽에 있는 방치된 작은 뜰에 아무도 돌보지 않았던 야생 채소들 과 식용할 수 있는 풀들이 생각보다 무성하게 자라고 있는 것이 아 닌가.

"하나님께서… 우리를 완전히 버리지 않으셨나 봐."

영수가 이 작은 생명들의 푸릇함을 보며 감격한 눈물을 흘리며 중얼거렸다.

김길부 교수도 희망에 찬 미소를 지으며 고개를 끄덕였다.

"그래, 영수. 이 작은 희망의 싹이 바로 우리의 새로운 시작이야. 이제 우리는 이 작은 뜰을 가꾸고, 이 생명들을 키워 나가야 해."

그들은 다시 한번 일어섰다. 비록 세상은 전쟁과 기근이라는 거 대한 얼음벽에 막혀 있었지만, 그들의 마음속에는 이 작은 뜰에서 처럼 따뜻한 믿음과 희망의 싹이 자라고 있었다. 어머니의 노트에 쓰인 예언처럼, 이 깊은 어둠이 지나간 뒤에는 반드시 새로운 아침 과 빛이 찾아올 것이라고 그들은 믿음을 잃지 않기로 다짐했다.

9장

짐승의 권세와 표의 강요

새로운 질서의 그림자

휴거 사건은 한순간에 세계의 축을 기울였다. 수백만의 사람들이 공중으로 사라지고, 남겨진 이들은 충격과 공포, 믿기 어려운 현실 앞에 멍하니 서 있었다. 이 혼란은 길고도 암울한 그림자를 드리웠고, 그 그림자 속에서 전쟁과 기근이 마치 예정된 비극처럼 차례로 펼쳐졌다. 국가들은 무너졌고, 사회의 기본적인 구조는 한순간에 증발해 버렸다.

이 모든 것이 마치 누군가의 대본에 쓰여 있기라도 한 듯, 마르쿠스 울리우스가 이끄는 지구 통합 연합(GUA)에게는 절호의 기회이자 완벽한 명분을 안겨주었다.

그는 전 세계가 보는 앞에서 마치 고대의 황제처럼 위엄 있는 모습으로 등장했다. 배경은 정리된 도시의 모습이었고 그의 뒤로는 GUA의 깃발이 펄럭이고 있었다.

"이 무의미한 혼란은 이제 끝났다."

그의 목소리는 강력했고, 흔들림이 없었다. 수많은 난민과 공포에 떨던 사람들에게 그의 선언은 한 줄기 빛처럼 다가왔다. 그러나 그가 말한 '끝'이 가져온 것은 진정한 자유나 평화가 아니었다. 그것은 철제 장갑으로 감싼 유리구슬과도 같은 취약한 평화에 불과했다. 조금만 강한 충격이 가해져도 산산조각 날 것만 같았지만, 그 유리구슬의 표면은 너무나 반짝이고 매력적으로 보였기 때문에 많은 이들이 그 속에 갇힌 자기 모습을 깨닫지 못했다.

많은 사람들은 처음에는 이 시스템을 불편하지만 어쩔 수 없는 필요악으로 받아들였다. 적어도 굶어 죽지는 않을 수 있고 약속이나 다름없는 기본적인 안전이 보장되었으니까.

그러나 '깨어남 커뮤니티의 젊은 프로그래머 찬수'는 이 시스템의 이면에 도사린 더 큰 음모를 직감했다. 그는 해커로서의 본능과 기술을 동원해 수많은 방화벽을 뚫고, 은폐된 서버에 도달했다.

그리고 그가 발견한 것은 단순한 통제 시스템이 아닌 인류의 운명을 좌우할 충격적인 정보였다. 이 '통합안전카드' 시스템은 거대한 서막에 불과했고 진정한 흑막은 인류를 완전히 새로운 차원의 지배 아래 놓으려는 훨씬 더 광범위한 계획을 진행하고 있었다.

"이건 시작도 아니에요."

찬수가 비상 회의에서 모두를 돌아보며 진지한 어조로 말했다.

"GUA의 최종 계획은 '통합안전카드'가 아니야. 그다음 단계, 바로 생체 칩 이식이야. 피부 아래에 이식되는 그 칩이… 요한계시록 13장에 예언된 바로 그 '짐승의 표'의 최종적인 형태라고 봐야 해."

그리고 마르쿠스의 권력과 권위가 절정에 달했을 때, 그의 최종 선언이 전 세계의 모든 화면을 통해 동시 중계되었다. 화면 속 그의 모습은 이전보다 더욱 카리스마에 넘쳐났다.

"지구의 모든 시민이여, 우리는 이제 인류 문명사에 전무후무한 새로운 도약의 시기를 맞이하였습니다. 문명의 재건을 넘어, 인류의 영광된 미래를 확고히 하기 위해, 오늘부터 '생명 안전 보장법'을 공포하고 시행에 들어갑니다."

그가 발표한 '생명 안전 보장법'의 가장 핵심적인 내용은 바로 '통합생명칩'의 전면적·의무적 도입이었다.

"이 작은 칩은 여러분의 손등이나 이마에 삽입될 것입니다. 이제 여러분은 더 이상 현금이나 카드를 휴대할 필요가 없습니다. 모든 금융 거래는 이 칩의 생체 인증으로 즉시 결제되며, 여러분의 소비 패턴을 분석해 최적의 자원 배분을 제안해 드릴 것입니다."

그는 연단 위에서 손을 들어 올려, 자기 이마에 박힌 칩이 반사하는 은은한 빛을 보여주었다.

"이것은 단순한 신분증이 아닙니다. 여러분의 건강 상태를 실시간으로 감시하며, 질병의 조기 경보는 물론, 응급 상황에서는 즉시 의료팀을 여러분께 보내는 생명의 안전망이 될 것입니다. 또한 여러분의 유전자 정보와 의료 기록을 저장하여, 개인 맞춤형 치료를 가능하게 할 것입니다."

그의 목소리는 한층 더 부드러워지며, 그러나 그 어느 때보다도 강력한 설득력을 띠었다.

"더 나아가, 이 칩은 여러분의 모든 사회적 관계를 하나로 통합합니다. 가족, 친구, 동료와의 연결을 더욱 공고히 하고, 실종된 가족을 찾는 데 결정적인 역할을 할 것입니다. 여러분의 자녀가 위험 지역에 접근하거나, 등록되지 않은 사람과 접촉할 때 즉시 알림을 보내 안전을 보장할 것입니다."

청중들 사이에서 작은 웅성거림이 일었다. 그가 단호한 어조로 덧붙였다.

"이것은 혼란을 종식하고, 진정한 평화와 안전을 구현할 획기적인 기술입니다. 우리가 모두 하나로 연결되는 통합의 시대를 열어 갑시다."

그는 이 칩이 모든 범죄와 테러, 불평등과 부정부패를 뿌리 뽑을 유일하고도 완벽한 해결책이라고 장밋빛으로 선전했다. 그러나 그 희망적인 연설 뒤에는 냉혹한 경고가 숨어 있었다. 그의 목소리는 살짝 낮아지고 강경해졌다.

"이 '통합생명칩'은 이제 우리 통합 사회에서 유일하게 공인된 거래와 신분 확인 수단입니다. 따라서 이 칩을 이식하지 않는 자는 더 이상 어떠한 매매 행위, 즉 물건을 사고팔 수 있는 권리도 누릴 수 없습니다. 이는 사회의 공익과 안전을 위한 당연한 조치입니다."

짐승의 표 시스템이 이론이 아닌, 실제로 가동되는 시대가 공식적으로 시작된 것이다. 이제 신앙과 생존 사이의 선택은 더 이상 먼 미래의 이야기가 아니라, 눈앞에 닥친 냉엄한 현실이 되었다.

김길부 교수의 충격과 회한

지하 대피소의 공기는 습하고 무거웠다. 오래된 방수 시트에서 새어 나는 곰팡내와 공기 중에 떠도는 절망감이 호흡을 옥죄었다. 천장에 덧댄 임시 전선에서 뿜어져 나오는 희미한 조명이 그의 얼굴을 비췄다.

콘크리트 벽면에는 물기가 스며들어 어둠 속에서도 반짝였고, 발밑의 땅바닥은 차갑고 축축했다. 공기 중에 섞인 먼지와 습기 때문에 숨을 쉴 때마다 목이 따끔거렸다. 천장의 전선에서 뿜어져 나오는 노란빛 조명은 어둠을 온전히 밝히기엔 역부족이어서 공간 전체를 어스레한 그림자로 가득 채우고 있었다. 그 희미한 빛이 그의 피로에 젖은 얼굴을 스치며, 더욱 깊어 보이는 주름과 그림자를 드리웠다.

그 순간, 낡은 트랜지스터라디오를 통해 흘러나온 단편적인 소식 – '통합생명칩 의무화', '모든 시민, 등록 완료' – 을 듣고 김길부 교수의 얼굴은 순간적으로, 회색빛으로 변해갔다.

그간의 영양실조와 스트레스로 이미 말라 있던 그의 뺨에 마지막 남은 핏기마저 단번에 사라졌다. 입가에 파인 깊은 주름들은 이제 그림자처럼 어둡게 가라앉아 그의 나이보다 더욱 늙게 보이게 만들었다. 그는 아무 말 없이 거친 콘크리트 벽에 등을 기대었다. 차가운 냉기가 등 짓 살을 통해 전신으로 스며들었지만, 그는 느끼지 못하는 듯했다.

그의 두 손은 자신도 모르게 꽉 쥐어져, 마르고 얇은 피부 아래로 뼈마디가 하얗게 드러났다. 손톱이 손바닥을 파고들어 아픔을 느낄 만큼 강하게 누르면서 그는 눈을 감았다. 그리고 그의 머릿속은 수년 전, 빛 가득한 강의실과 토론이 뜨거웠던 세미나실로 달려갔다.

"기술의 발전은 효율성을 추구합니다. 머지않아 모든 거래와 신원 확인이 생체 정보 하나로 해결되는 시대, 심지어 편리함을 위해 손등에 칩을 이식하는 시대가 올 수도 있습니다. 그것이 경제적 비용을 줄이고 안정을 보장하는 길이 될 것입니다."

그는 한때 저명한 경제학자로서, 학회와 강단에서 수차례에 걸쳐 체계적인 논리를 펼쳐왔다. 기술이 극단적 효율성을 추구하는 과정에서 그리고 글로벌 경제 시스템이 극심한 변동성에 직면했을 때, 일정 수준의 중앙집권화된 통제 시스템은 불가피한 선택일 수 있다고 역설했었다.

주요 경제지에 기고한 그의 글에서는 '완전한 자유방임이 혼란을 초래한다면, 구조화된 거버넌스는 새로운 안정을 가져올 수 있다'라고 주장하기도 했다. 당시 그의 이론은 수많은 제자와 동료들에게 합리적인 대안으로 받아들여졌으며, 복잡성을 극복하기 위한 현실적 해법으로 여겨지곤 했다.

그러나 이론으로서만 존재하던 그 통제 시스템이 이제 '통합생명칩'이라는 형태로 현실이 되었을 때, 그것이 가져온 것은 안정이 아닌 억압이라는 사실을 그는 목도하고 있었다.

그의 학문적 논리가 이렇게 왜곡되어 구현될 것이라고는 그때는 전혀 예측하지 못했던 일이었다. 하지만 그때의 그는 그 '통제'가 '칩 없이는 한 조각의 빵도, 한 방울의 물도 구할 수 없는 세상'으로 귀결될 것이라고는 터무니없는 공상과학 소설처럼 여기며 진지하게 상상조차 해보지 못했다.

자신의 그 '현실주의적'이고 '합리적'이었던 분석과 주장이 바로 이 끔찍한 예언의 도구를 사회에 정당화하고 뿌리내리는 데 한몫을 했을지도 모른다는 사실에 그는 말로 표현할 수 없는 회의감과 깊은 공포에 빠져들었다.

"내가… 내가 틀렸소. 철저하게, 완전히 틀렸소."

그의 목소리는 깊은 자책과 분노로 인해 떨리고 있었다. 그는 영수와 강영철을 바라보며 고백하듯 말을 이었다.

"나는 통제의 끝이 경제적 파탄이나 사회적 혼란이라고 생각했소. 하지만 그 모든 것들은… 이제 와 보니 그저 거대한 감옥을 세우기 위한 자갈돌에 불과했소. 진정한 끝, 최후의 종착역은… 이렇게 인간의 영혼을 하나하나 번호가 붙은 상품처럼 관리하고 통제하는 것이었소."

그의 눈앞에는 마치 환영처럼 자신이 예전에 옹호했던 그 '편의성'과 '생존'이라는 달콤한 유혹에 빠져 기꺼이 칩을 받아들이는 수많은 사람들의 모습이 스쳐 지나갔다. 그들은 단지 살아남기 위해 자신이 누구에게 충성을 바쳐야 하는지를 증명하는 그 '표'를 신체에 새겨 넣는 것이었다. 그것은 더 이상 기술의 발전이 아닌, 신체에 각인되는 마르쿠스에 충성하는 노예의 낙인이었다.

GUA의 강력한 선전 기계와 생존을 위한 절박한 압박 속에서 사람들은 역사상 가장 첨예한 갈림길에 서 있었다.

마르쿠스 울리우스가 '생명 안전 보장법'을 공표하자, 전국의 주요 행정기관 앞에는 하루아침에 긴 행렬이 늘어섰다. 시청과 구청

그리고 지정된 보건소마다 통합생명칩을 신청하려는 시민들로 발디딜 틈이 없었다.

"카드를 분실할 걱정이 없어서 정말 좋아요."

"이제 지갑도 없이 외출할 수 있겠네."

행렬에 선 시민들의 얼굴에는 안도감이 가득했다. 플라스틱 카드를 휴대하던 시대가 끝나자, 분실과 도난에 대한 부담이 사라진 것만으로도 큰 혜택처럼 느껴졌다. 더 이상 해킹으로 개인정보가 유출될까 봐 또는 카드가 도용되어 자산을 잃을까 봐 전전긍긍할 필요가 없어졌기 때문이다.

정부는 이 새로운 시스템이 '완벽한 보안'과 '극한의 편의성'을 제공한다고 홍보했고, 내나수의 시민은 이런 약속을 믿고 기꺼이 자신의 몸속에 칩을 받기 위해 이마나 손등을 내밀었다. 그러나 이 편리함의 이면에 숨겨진 자유와 사생활의 대가는 아직 아무도 깨닫지 못하고 있었다.

생존을 선택한 수많은 이들은 굶주림과 추위 그리고 사회에서 완전히 배제되어 홀로 죽어가는 공포를 이기지 못해 결국 칩 이식 센터로 발길을 돌렸다. 그 긴 줄 속에는 "어쩔 수 없지 않으냐", "이것이 하나님의 뜻을 따르는 길이다"라고 자신을 위로하며 칩을 받는 자들도 더러 있었다. 마르쿠스의 편에 선 거짓 선지자들과 종교 단체들이 '이 칩은 단순한 기술이며, 신앙과는 무관하다'라거나 '도리어 하나님의 뜻을 이루는 길'이라고 교묘하게 가르쳤기 때문이다.

그러나 저항을 선택한 자들은 달랐다. '깨어남' 커뮤니티와 같은 곳에서 사람들은 이 '짐승의 표'가 단순한 기술의 산물이 아닌, 적그리스도의 절대적인 권위에 대한 복종과 그를 신으로 경배하는 행위 그 자체의 상징임을 깨닫고 목숨을 걸고 거부했다.

그들은 하나님의 낙인과 짐승의 표가 우주적 차원의 영적 투쟁에서 서로가 양립할 수 없는 충성의 표지임을 이해하고 있었다. 한쪽을 선택하는 순간 다른 한쪽과는 영원히 단절된다는 사실을 알았기 때문이다.

김길부는 창백한 얼굴로 중얼거렸다.

"과거의 나는… 이렇게나 무서운 것의 토대를 이론으로나마 지지하고 있었소."

그의 눈에는 경제 지표와 통계 수치 뒤에 가려진 인간 영혼의 가치를 보지 못한 데 대한 깊은 회한이 서려 있었다.

영적 전쟁의 최전선으로

모든 것이 소용돌이치고 암흑이 깔려가는 와중에도, 강영수는 흔들림 없는 마음으로 어머니의 노트를 다시 펼쳐 들었다.

노트의 페이지는 요한계시록 13장에 기록된 첫째 짐승에 대한 상세한 해석으로 채워져 있었다.

바다에서 올라온 그 짐승은 용, 즉 사탄으로부터 권세와 권위 그리고 왕의 자리를 위임받았으며, 하나님을 향해 신성모독적인 말을 퍼붓고 성도들과 전쟁을 일으키며, 마치 완전한 권력을 누리는 듯 42개월 동안 활동할 권세를 받았다. 그리고 그 첫째 짐승을 위해 땅에서 올라온 둘째 짐승, 곧 거짓 선지자는 불이 하늘에서 땅으로 내려오는 큰 기적들을 행하며 사람들을 현혹하고, 첫째 짐승의 우상을 만들고 경배하도록 강요한다고 적혀 있었다.

영수는 노트에서 눈을 떼어, 지친 얼굴로 앉아 있는 아버지 강영철과 장인 김길부를 단호하게 바라보며 입을 열었다.

"아버지, 장인어른. 이제야 비로소 확실히 알았습니다. 우리가 맞서야 할 이 싸움은, 우리가 처음 생각했던 것보다 훨씬 더 거대하고 위험한 전쟁입니다."

그의 목소리에는 두려움보다는 오히려 막중한 사명감과 결의가 가득했다.

"이것은 단순한 정치적 투쟁이나 무력 충돌이 아닙니다. 우리의 진정한 싸움은 이제 막 시작된 것입니다."

그들은 이 싸움이 혈과 육, 즉 눈에 보이는 인간을 상대하는 것이 아니라, '하늘에 있는 악의 영들'을 상대하는 본격적인 영적 전쟁임을 서서히 깨달아 가고 있었다. 이 전쟁의 가장 핵심적인 쟁점은 '경배'와 '충성'의 문제였다. 창조주 하나님을 경배하고 그분의 계명을 지키는 것, 바로 그 자체가 짐승의 표를 거부하는 유일한 길이자 가장 강력한 저항이었다.

한편, GUA는 이제 '통합생명칩'을 거부하는 자들에 대한 본격적인 탄압에 돌입했다. 칩을 이식하지 않은 자들은 먼저 모든 공식적인 경제 활동에서 배제되는 강도 높은 경제적 제재를 받았고, 이어서 '사회 통합법'을 위반한 불량 시민으로 낙인찍혀 공개 수배되거나 체포되기 시작했다. 생존을 위한 필수 자원이 칩과 연결되면서 거부자들에게는 하루하루가 고통의 연속이었다.

그러나 이처럼 짙은 암흑이 내리깔린 상황 속에서도 희망의 작은 불꽃들은 완전히 꺼지지 않았다. '깨어남' 커뮤니티를 통해 연결된 수많은 작은 신앙 공동체들은 암호화된 통신망으로 서로 연락하며 필요한 물자와 정보를 나누었고 사람의 눈을 피해 산속 깊은 곳에 은밀한 피난처들을 마련해 갔다. 그들은 비록 육신의 생존이 극한까지 위협받을지라도 영혼의 구원과 하나님에 대한 신실함이 훨씬 더 중요하고 영원한 가치임을 잘 알고 있었다.

이러한 와중에 김길부 교수는 과거의 자신을 뒤로한 채 새로운 각오로 나섰다. 그는 평생 갈고닦은 경제학적 지식과 자원 관리 능력을 쏟아부어 공동체의 생존 자원을 효율적으로 분배히고 관리하는 데 앞장섰다. 그는 이제 세계적인 경제학자가 아닌 한 명의 회개한 그리스도인으로서 자신의 지식을 진정한 생명을 지키는 데 사용하고자 했다.

"영수야."

그가 영수를 불러 조용히 말했다.

"내가 평생을 연구하고 세상에 내놓았던 그 경제 시스템과 이론들은… 결국에는 이 끔찍한 짐승의 시스템을 위한 발판을 깔아주는 꼴이 되고 말았어. 참으로 아이러니하지. 하지만 이제부터는 다르게 쓰겠다. 내게 남은 시간과 지식 모든 것을 써서 진정한 생명의 양식 곧 하나님의 말씀과 형제, 자매들의 생존을 위해 싸우는 이들을 지지하는 데 써야겠다."

그날 밤, 지하 대피소에 모인 작은 공동체는 촛불을 가운데 두고 다시 모여 하나님의 말씀을 읽고 기도했다. 창문 너머로는 GUA의 군용 차량이 위협적으로 지나가는 굉음과 발걸음 소리가 들려오고 있었지만, 그 작은 방 안에 모인 이들의 마음속에는 세상이 결코 앗아갈 수 없는 하나님께서 주시는 깊은 평안히 자리 잡고 있었다.

그들은 서로의 손을 꼭 잡았고, 눈을 감고 기도하는 이들의 입가에는 미묘한 미소가 걸려 있었다. 외부의 소음과 위협은 마치 두꺼운 유리창 너머의 폭풍과도 같았지만, 그들의 영혼 깊숙이 내려앉은 고요는 조금도 흔들리지 않았다.

이것은 인간의 힘으로 만들어낸 것이 아닌, 하나님께서 주시는 깊은 평안이었다. 세상이 주는 불안과 공포를 뛰어넘는 그 무엇도 앗아갈 수 없는 소중한 선물이었다.

그들은 모두 잘 알고 있었다. 이제 그들이 걸어갈 길은 아마도 고난과 박해 심지어는 순교의 길일 수도 있다는 것을. 하지만 그 길의 끝에는 반드시 어린 양의 보좌와 그분과 함께하는 영원한 생명이 기다리고 있음을 믿어 의심치 않았다.

　비록 짐승의 권세가 전 세계를 무섭게 뒤덮기 시작했지만, 이것이 모든 것의 종말은 결코 아니었다. 이것은 오히려 진정한 신실함과 배신, 순종과 반역이 최종적으로 갈라지는 분리의 시대가 시작되는 서곡에 불과했다.

강영철 교수의 비극과 그의 최후

강영철 교수는 평생을 과학이라는 울타리 안에서 살아온 사람이었다. 그의 세계관은 해부학과 유전자 분석, 통계적 데이터로 구축된 견고한 성채와 같았다. 모든 현상에는 반드시 물리적 원인과 논리적 설명이 존재한다고 믿었다.

아내 이선화의 신비로운 휴거는 그 견고한 성채에 깊은 균열을 냈지만, 그는 여전히 그 충격을 '아직 과학적으로 규명되지 않은 미스터리'로 치부하며 자신의 체계를 지키려 안간힘을 썼다.

지하 대피소의 어둠을 가르는 촛불 그림자 속에서 그는 황폐한 어조로 중얼거렸다.

"영수야, 아직도…. 아직도 나는 완전히 믿어지지 않는구나. 만약 저것이 정말로 신의 섭리라고 한다면, 어찌 되어서 이렇게 비합리적이고 무자비한 방식으로 세상을 뒤흔드는 거지? 왜 이성과 논리가 아니라 증명할 수도 없는 맹목적인 믿음을 우리에게 요구하는 거냐?"

그는 휴거 현상을 '미지의 바이러스에 의한 집단 투시 현상'이나 '고등 외계 문명의 정신 조작 실험' 같은 과학의 이름으로 얼버무릴 수 있는 가설들로 끼워 맞추려고 필사적이었다. 그의 이성은 보이지 않는 하나님보다는 자신의 평생을 걸고 쌓아 올린 지식의 탑과 논리의 성벽을 훨씬 더 신뢰했다. 그것은 단순한 학문적 신념을 넘어 그의 자존심 그 자체이기도 했다.

GUA가 '통합생명칩'을 전면 도입한 이후, 세상은 하루가 다르게 암울한 심연으로 빠져들었다. 칩을 거부한 이들은 단순히 사회의 일원으로서 취급받지 못하는 것을 넘어, 인간으로서의 기본적 권리마저 박탈당한 '사회적 사각지대'로 밀려났다.

그들은 의료 서비스에서 완전히 배제되었다. 병원 문 앞에서 '칩 미등록자'라는 이유만으로 퇴짜를 맞은 노인이 쓰러지는가 하면, 임산부는 출산 예정 병원에서조차 문전박대당했다. 단순한 감기로도 죽음을 맞이할 수 있는 현실이 된 것이다.

더욱 처참한 것은 생존권 자체의 박탈이었다. 슈퍼마켓에서는 칩 인증 없이는 한 줌의 쌀도 구입할 수 없었고, 심지어 쓰레기 처리장에서 폐기물을 뒤지다 적발되면 '공공질서 위반'으로 연행되기에 이르렀다. 길거리에서 굶주린 아이가 빵 조각을 훔친다는 이유만으로 공개 구타를 당하는 일이 빈번해졌다.

이들은 더 이상 '시민'이 아닌, 사회 시스템이 제거해야 할 '버그'로 전락했다. 가족과 친구조차 칩을 거부한 이들을 외면했고, 그들은 점점 도시의 그림자 속으로 하수구와 폐허 속으로 자신을 숨겨야만 했다.

매일 밤, GUA의 무장 병사들은 이 '인간 사냥'에 나서며 거리를 수색했고, 발각된 자들은 '재교육 캠프'라는 이름의 수용소로 연행되었다. 정부의 식량 배급은 꿈도 꿀 수 없었고 공식 시장에서 물 한 병 사는 것 심지어는 거리를 자유롭게 걷는 일조차 사형 선고나 다름없는 위험한 행동이 되었다.

강영철 교수는 자신이 갈고닦은 과학적 지식이 현실의 찢어지는 굶주림과 추위 앞에서는 무력하다는 사실을 뼈저리게 체감했다. 그의 정교한 이론과 방정식들은 배고픈 아이들의 배를 채워 주지 못했다. 게다가 GUA의 군인은 칩 거부자들을 색출하기 위해 가차 없는 일제 수색 작전을 펼쳤다. 매일 밤, 군용화에 의한 무거운 발걸음 소리와 경적이 점점 가까워질 때마다 대피소 안의 공기는 숨을 죽일 만큼 팽팽하게 긴장되었다.

어느 날, 그는 지친 몸을 이끌고 지하 대피소에 모인 모두를 향해 깊게 가라앉은 눈빛으로 말을 건넸다.

"우리는…. 우리는 이렇게 계속 쥐새끼처럼 숨어 다니며, 도둑처럼 살아갈 순 없어요."

그의 목소리는 탈수된 입술 사이로 간신히 스멀거려 나오는 바람 소리 같았다.

"매일 밤, 병사들의 발소리에 심장이 눌러지는 이 삶…. 쓰레기 더미에서 음식을 구해 와서야 겨우 배를 채우는 이 꼴…. 이건 생존이 아니야."

그의 손가락이 부들부들 떨렸다.

"이건…. 서서히 그러나 분명하게 우리의 인간다움을 죽여가는 거라고."

그가 말을 잇자, 공기 중에 위험한 예감이 맴돌기 시작했다.

"차라리…. 차라리 나가서 칩을 받는 게…."

그 순간, 김길부 교수가 일어섰다.

"영철 씨, 그만두시오!"

그의 목소리는 강경했지만, 그 이면에는 깊은 동정과 걱정이 어려 있었다.

"지금 그 말은 포기나 다름없소. 우리가 조금만 더 버티면…."

강영철은 고개를 숙였다. 그의 어깨는 패배의 무게로 축 늘어져 있었고, 눈가에는 자포자기와 수치심이 뒤섞인 복잡한 감정이 스쳤다. 생존 본능과 신념 사이에서 그의 영혼이 갈기갈기 찢기고 있었다.

"강 교수, 그렇게 생각하면 안 됩니다. 그 표는 단순한 기술의 산물이 아니야. 그것은 '경배'의 표지요, '충성'의 증표라고! 그 표를 받아들이는 순간 우리는 하나님 대신에 그 짐승을 우리의 주인으로 우리의 신으로 인정하는 것이나 다름없소!"

그러나 강영철은 완고하게 고개를 저었다.

"길부, 지금 그런 비과학적인 신화 같은 이야기가 무슨 소용이 있겠나? 우리가 지금 당장 마주한 문제는 영혼의 문제가 아니라, '생존'이라는 냉엄한 물리적 현실이야!"

그의 손가락이 떨리며 텅 빈 통조림 캔을 가리켰다.

"이것 좀 봐. 지난 48시간 동안 우리가 먹은 전부야. 배고픔은 네가 아무리 종교적 열정을 가져도 사라지지 않는 명백한 생리적 신호야."

방 안을 스치는 찬 바람을 가리키며, 그는 목소리를 높였다.

"이 추위를 견디게 해줄 난방은 GUA 관할 구역에만 있어. 그리고…"

그가 자신의 부들부들 떨리는 손을 내보이며 내뱉었다.

"매 순간을 공포에 떨며 살아야 하는 이 고통, 최소한의 안전도 보장받지 못하는 이 삶…! 이 모든 것은 그들이 요구하는 시스템 안으로 돌아갈 때만 해결되는 문제들이라고!"

그의 눈에는 굶주림과 공포, 절망으로 인한 초조함이 스며들어 있었다.

"신념으로는 이 빈속을 채울 수 없어. 기도로는 이 추위를 막을 수 없다고!"

그는 자신의 선택이 '이성적인 생존'을 위한 최선의 길이라고 자신을 계속해서 설득했다. 칩을 받아들이면 다시 대학의 연구실로 돌아가 자유로운 학문 탐구를 계속할 수 있을지도 모른다는 희미한 희망 또한 그를 유혹했다. 그것은 그의 오만이 마지막으로 내민 달콤한 덫이었다.

결국 마지막 결심을 내뱉었다.

"나는 결심했어."

그의 목소리는 나직했지만, 안에 담긴 결의는 확고했다.

"이렇게 숨어 죽음을 기다리기보다, 나는 밖으로 나가겠어."

그는 천천히 자리에서 일어나, 지친 몸을 일으켰다.

"나는…. 내가 믿는 방식으로, 내가 이해하는 방법으로 이 상황을 헤쳐 나가 보겠다.”

그의 눈빛에는 더 이상의 논쟁을 원하지 않는 단호함이 스며들어 있었다.

“아마도 그들이 말하는 ‘안전’이 진정한 답은 아니겠지. 하지만 적어도 지금 이 굶주림과 추위, 그리고 끝없는 공포에서 벗어나는 길은 될 수 있을 거야.”

마지막으로 동료들을 돌아보며, 그는 작은 고개를 끄덕였다.

“모두…. 건강하게 잘 있어.”

자신의 낡은 가방을 챙기며 그는 아들 영수의 시선을 정면으로 마주 보지 못했다.

아무도 그를 말리지 않았다. 모두가 그의 그 결심이 이미 굳어져 되돌릴 수 없음을 알았기 때문이다. 강영철은 홀로 지하 대피소의 문을 나서며 자신이 평생을 신봉해 왔던 과학의 이름으로 가족과 동료 그리고 자신의 영혼을 배반하는 길을 선택했다.

GUA가 운영하는 칩 이식 센터는 눈부시게 현대적이고 체계적으로 돌아가고 있었다. 그는 끝도 없이 이어진 줄에 섞여 서서 자신의 선택이 현명하고 당연하다고 자신을 다독였다.

흰색으로 빛나는 내부는 병원처럼 깨끗했고, 모든 절차는 기계처럼 정확하게 진행되었다. 안내 로봇이 질서정연하게 대기 줄을 관리했고, 직원들은 무표정하지만, 효율적으로 업무를 처리했다.

그는 앞사람들의 차례가 되어 자리에 앉는 모습을 보며, 이렇게 체계적인 시스템을 두려워한 자신이 한심하게 느껴졌다. '이것이 바로 문명이야'라고 그는 마음속으로 중얼거렸다.

자신의 차례가 다가오자, 그는 망설임 없이 안내되는 대로 의자에 앉았다. 그의 마음속에는 마지막 남은 의문도, 두려움도 사라지고 오직 안도감만이 가득했다.

"이것이 바로 문명이 유지되는 질서의 방식이다. 무질서와 맹신보다는 훨씬 합리적이다."

칩을 이식받는 순간 그는 전기 충격 같은 날카로운 통증보다는 오히려 묘한 안도감을 느꼈다. 마치 오랫동안 짊어지고 있던 무거운 짐에서 해방된 것처럼. 그의 휴대폰에는 즉시 '시민 권한이 정상 활성화되었습니다'라는 메시지와 함께 풍부한 식량 배급권이 도착했다.

그러나 그 안도감은 찰나에 지나지 않았다. 그는 정식 시민이 되어 자유롭게 거리를 걸을 수 있게 되었지만, 주변의 모든 풍경이 유리 너머처럼 낯설고 공허하게 느껴졌다. 길거리 사람들의 얼굴에는 생생한 생기가 사라졌고 그들의 웃음소리는 기계적으로 프로그래

밍한 것처럼 들렸다. 그는 자신이 거대한 데이터 네트워크에 연결된 어디에나 있는 평범한 '노드' 하나가 되어 버린 기분이 들었다.

그는 간신히 교수로 대학에 돌아갔지만, 그의 연구실은 이미 GUA의 강력한 관리 체계 아래 놓여 있었다. 그의 연구 주제는 '인류 통합과 문명 발전에 이바지하는 프로젝트'로 강제 전환되어 있었다. 그는 더 이상 자유로운 탐구를 꿈꾸는 과학자가 아닌 체제에 봉사하는 하나의 도구에 불과해져 버린 것이다.

지하 대피소에서 그가 품었던 자유로운 연구의 꿈은 이곳 현실과는 너무나 동떨어진 공상에 불과했다는 것을 깨닫는 데는 오랜 시간이 걸리지 않았다.

그의 연구실은 이제 투명한 유리로 된 우리와 다름없었다. 모든 실험 장비는 GUA의 중앙 시스템에 연결되어 있었고, 수업 내용은 '사회 통합 및 안정성 강화'에 기여하는 항목으로 한정되었다. 데이터는 사전 승인 없이는 외부로 반출할 수 없었고, 연구 결과는 '공공복지'라는 이름 아래 GUA의 소유가 되었다.

한때 그는 우주를 탐구하는 자유로운 과학자였지만, 이제는 정해진 틀 안에서만 생각할 수 있는 기술자가 되어버렸다. 그의 지식과 창의성은 이제 체제를 유지하고 강화하는 도구로 전락했으며, 연구실 벽에 걸린 'GUA 산하 제3 과학연구소' 현판은 그의 노예

신분을 적나라하게 보여주고 있었다.

어느 날 밤, 그는 자신의 연구실에서 홀로 앉아 창밖을 바라보았다. 수많은 별이 반짝이는 광대한 밤하늘은 그에게 더 이상 경이롭고 아름다운 우주의 모습이 아니었다. 그것은 그가 한때 외면했고 이제는 영원히 닿을 수 없는 하나님의 영역처럼 느껴졌다. 그는 자신의 오만이 하나님을 대적하는 죄였음을 그리고 그 무거운 불신으로 자신의 영혼을 영원히 팔아버렸음을 비로소 깨달았다.

그 순간, 모든 것이 명확해졌다. 자신이 과학과 이성만을 신뢰했던 것이 단순한 지적 자만이 아니라, 창조주를 거스르는 교만 된 죄임을 뼈저리게 깨달았다. 수년간 그는 하나님의 존재와 섭리를 부인하며, 오직 눈에 보이는 증거와 논리만을 절대적 진리로 여겼다.

그러나 지금, 그가 선택한 길이 자신을 어디로 이끌었는지를 마주하자, 공포가 그의 영혼을 집어삼켰다. 그는 단순히 잘못된 선택을 한 것이 아니었다. 그 대가로 자신의 영혼을 영원히 하나님으로부터 분리하는 길을 선택한 것이다.

이 깨달음은 그의 가슴을 찢는 고통으로 다가왔고, 눈앞이 캄캄해지는 절망감에 휩싸였다. 그 깨달음은 그의 가슴을 후벼 파는 고통으로 다가왔지만, 이제는 모든 것이 너무 늦어 버린 뒤였다. 그는 손등 위에 살짝 돋아난 것 같은 칩을 붙잡고 발버둥쳤지만, 그것은 이미 살갗과 신경을 이루며 하나가 되어 있었다. 마치 자신의 몸에 기생하는 금속 기생충처럼, 제거하려 들면 들수록 더 깊이 뿌리내린 존재감을 느껴야 했다.

가게에 들어설 때, 지하철에 탈 때, 심지어 한적한 공원 벤치에 홀로 앉아 있을 때도 그는 언제나 노출되는 기분이었다. 카드 대신 손등을 내밀자마자 즉각적인 '삑' 소리와 함께 그의 모든 거래 내역이 그 어딘가의 데이터베이스에 실시간으로 기록되었다.

길을 걸을 때면 가로등에 달린 센서들이 그의 움직임을 따라다니는 것만 같았고, 집 안에 있을 때조차 벽 속에 숨겨진 눈동자들이 자신의 한숨소리까지도 포착하는 듯한 공포에서 벗어날 수 없었다. 그는 이제 자유의지란 허상임을 뼈저리게 깨달았다. 그의 인생은 이제 완전히 해석되고, 분류되고, 통제되는 하나의 데이터 덩어리에 불과했다.

시간이 흐른 뒤, '깨어남' 커뮤니티를 통해 충격적인 소식이 전해졌다. 강영철 교수가 자신의 연구실에서 정신을 잃고 쓰러져 병원 중환자실에 옮겨졌다는 것이었다. 병원에서 내린 진단은 의학적으로 명확한 원인을 특정할 수 없는 '신 기능 저하증'이었다. 그의 몸은 하나둘씩 기능을 잃어가고 있었지만, 의사들은 그 원인을 규명하지 못했다.

'깨어남' 커뮤니티의 암호화된 게시판에 한 통의 글이 긴급 게시되었다. 제목은 단순했지만, 내용은 커뮤니티에 폭풍을 일으키기에 충분했다.

[긴급] 강영철 교수, 중환자실행.

글은 짧았지만, 그 뒤에 숨겨진 의미는 컸다.

오늘 오전 10시 17분, GUA 제3 과학연구소 내에서 급성 심부전 중세로 쓰러져 중앙통합병원 중환자실로 이송되었음. 병세는 매우 위중하며, 주변은 완전히 봉쇄된 상태. 자세한 원인은 확인 중.

이 짧은 메시지는 지하에 숨어 있는 모두에게 충격을 안겼다.
"강영철 교수님께서? 그럴 리가….“
"갑자기 쓰러졌다고? 그것도 연구실에서?"
모든 사람의 머릿속에는 같은 의문이 스쳤다. 이것이 정말 우연한 사건인가, 아니면 GUA에 의한 '처리'인가. 그는 지식과 양심 사이에서 흔들리는 모습을 보였다. 과연 그가 마지막 순간까지 침묵을 지켰기 때문에 당한 것일까, 아니면 무언가를 하려다가 발각된 것일까.

한편, 중앙통합병원 중환자실 밖에는 검은 제복을 입은 GUA 요원들이 버티고 서 있었다. 그의 병실은 완전히 격리되었고, 의료 기록은 최고 보안 등급으로 분류되었다. 외부에서는 그의 상태를 확인할 방법이 전혀 없었다.

영수와 김길부는 신분을 숨기고 모든 위험을 무릅쓰며 그가 입원한 병원을 찾았다. 병실 문을 열고 들어선 그들은 참혹한 광경을 목격했다.

병상에 누운 강영철 교수는 까마득히 의식을 잃은 상태였다. 그는 자기 아들인 영수를 뚫어져라 보았지만, 그 눈에는 아들을 알아보는 빛이 사라진 지 오래였다. 그의 두 눈은 초점을 잃고 허공을 응시하고 있었고, 마르고 갈라진 입술 사이로는 "데이터가…. 틀렸어…. 다시 증명해야…."라는 불현듯 나오는 중얼거림만이 끊임없이 흘러나왔다.

그의 가슴은 천근만근의 무게에 눌려 숨 쉬는 것조차 고통스러워 보였다. 그의 육신은 아직 따뜻했지만, 그의 영혼은 이미 황폐해져 버린 지 오래였다.

그는 결국 고통으로 일그러진 얼굴로 마지막 숨을 힘겹게 내쉬며 생을 마감했다. 그것은 단순한 육체의 죽음을 넘어 하나님으로부터 영원히 분리된 영적 죽음의 참담한 모습 그 자체였다. 이는 마치 요한계시록 14장 9절부터 11절까지에 기록된 그 경고가 현실로 나타난 것과 같았다.

또 다른 천사 곧 셋째가 그 뒤를 따라 큰 음성으로 이르되 만일 누구든지 짐승과 그의 우상에게 경배하고 이마나 손에 표를 받으면

그도 하나님의 진노의 포도주를 마시리니 그 진노의 잔에 섞인 것이 없이 부은 포도주라 거룩한 천사들 앞과 어린 양 앞에서 불과 유황으로 고난을 받으리니

그 고난의 연기가 세세토록 올라가리로다 짐승과 그의 우상에게 경배하고 그의 이름 표를 받는 자는 누구든지 밤낮 쉼을 얻지 못하리라 하더라

강영철 교수의 비극적인 최후는 남겨진 모든 이들에게 깊은 상처와 함께 무거운 경고를 남겼다. 그것은 단순히 '칩'이라는 물리

적 위험을 넘어, 하나님을 대적하는 인간의 오만과 독립이 초래하는 영적 파멸을 생생하게 보여주는 살아있는 본보기가 되었다.

영수는 아버지의 차가워진 시체 앞에 무릎을 꿇었지만, 눈물 한 방울 흘리지 않았다. 그의 마음은 슬픔보다는 엄숙한 결의로 가득했다. 그는 아버지의 영혼을 위해 조용히 기도했다.

"아버지…. 아버지가 숭배하던 과학이라는 괴물이…. "

그의 입술은 소리 없이 움직이고 있었다.

그리고 그는 마음속으로 더욱 굳건한 결의를 다졌다.

"이 싸움은 단순한 생존을 위한 싸움이 아니다. 이는 우리의 영혼을 지키기 위한 하나님과의 언약을 지키기 위한 싸움이다. 어떤 대가를 치르더라도 나는 결코 짐승의 표를 받지 않겠다."

그의 아버지 강영철은 이성과 과학이라는 자신이 세운 신을 끝까지 믿다가 파멸의 길을 걸었다. 이제 영수는 그 길이 결국 허무함에 다다른다는 것을 눈으로 확인했다. 그는 이제 어머니 이선화가 걸었던 그 길, 믿음의 길이 유일한 생명의 길임을 깊이 깨달았다. 비록 그 길에 핍박과 고난 심지어는 순교가 기다리고 있을지라도 그 길의 끝에는 영생의 약속이 있다는 것을 믿어 의심치 않았다.

10장

김길부 교수의 순교

짐승의 표, 강요되다

　강영철 교수의 비극적 최후는 지하 대피소의 벽을 맴도는 공기보다도 무거운 침묵으로 남았다. 그의 죽음은 단순한 생의 종식이 아니었다. 짐승의 표를 받고도 그들이 요구하는 일을 거부한 자가 맞이하는 운명이 어떤 것인지를 살점을 도려내며 보여준 생생한 경고이자 모두의 가슴에 피멍이 들게 한 깊은 상처였다. 그 공포는 이제 공기 중에 스미어 숨 쉴 때마다 폐를 스치고 마음을 옥죄었다.

　그러나 GUA(통합정부연합)의 압박은 조금도 멈출 줄 몰랐다. '통합생명칩'의 전면 도입 이후 마르쿠스 울리우스의 체제는 이제 완전한 통제를 위한 다음 단계로 나아가고 있었다. 바로 칩을 거부하는 이들에 대한 본격적인 색출 작업이 시작된 것이다. 이 작업은 단순한 검거를 넘어, 하나의 체계적인 '사냥' 시스템으로 운영되었다.

　칩을 통해 수집된 모든 시민의 데이터를 위치, 심박수, 스트레스

지수, 대사 활동을 인공지능으로 분석했다. 특정 구역에서 칩 신호가 검출되지 않는 '데이터 공백'이 발생하거나, 특정인의 생체 신호가 '도주 모드'인 심박수 급증, 스트레스 수치 급변을 나타내면 즉시 위험인물로 분류되어 위치가 추적되었다.

관계망 분석을 통해 이미 확보된 칩 거부자의 연락처, 가족 관계, 과거 통화 기록 등을 토대로 '저항 가능성'이 높은 인물들을 사전에 선별하여 사찰 대상 목록에 올렸다.

이웃과 지역 사회에서 '통합생명칩'이 없는 사람을 숨겨주거나 도와줄 경우 가족 전체가 연좌제로 처벌받는다는 엄격한 법률을 공포했다. 이를 통해 시민들 사이에 '서로를 감시하고 신고해야 생존한다'라는 공포 분위기를 조성, 사회 자체가 GUA의 감시 도구가 되게 했다.

공공 및 상업 시설인 모든 상점, 대중교통, 병원 입구에는 반드시 칩 리더기를 설치하고 이용자의 신원을 확인하도록 의무화했다. 칩 없이는 대중교통 이용은 물론 아파도 병원을 찾을 수 없었다. 슈퍼에서 기본적인 생필품도 구입할 수 없었고, 이는 곧 거부자들이 사회 기반 시설을 이용하는 것을 원천적으로 봉쇄했다.

영수는 공공 인터넷 카페의 터치스크린 앞에서 망설였다. 화면에 띄워진 은행 로고는 여전히 익숙했지만, 그 뒤에 숨겨진 함정을 그는 잘 알고 있었다. 수년간 월급에서 조금씩 떼어 아내 몰래 모은 비상금이 지금 그의 유일한 생명줄이었다.

〈계좌번호를 입력하세요.〉라는 문구가 냉정하게 반짝였다. 그의 손가락은 공중에 멈춰 있었다. 한 번만 누르면, 그동안 고생하며 모은 돈이 눈앞에 나타날 것이다. 하지만 동시에 GUA의 추적 시스템도 즉시 작동할 것이다. 그의 위치는 실시간으로 중앙 통제실에 전송되고, 5분 안에 은행 경비와 직원들이 현장을 포위하게 될 것이다.

그는 입술을 깨물었다. 통합생명칩을 거부한 순간, 이 사회에서 그는 '존재하지 않는 사람'이 되어버렸다. 그의 계좌에 쌓인 숫자들은 이제 그림의 떡에 불과했다. 돈이 있어도 현금을 인출할 수 없는 목마른 자가 바닷물을 마시려는 것과 같은 절망적인 상황이었다.

화면은 자동 로그아웃되기 시작했고, 그는 뒤도 돌아보지 않고 그 자리를 떠나야 했다. 거리에서 휘파람 소리가 들리는 것만 같았다. 그의 등 뒤에서는 디지털 감시의 눈이 여전히 깨어있었고, 그의 계좌에 묶인 자금은 영원히 손에 넣을 수 없는 유령이 되어버렸다.

'미세 진동 감지팀'과 같은 정예 부대는 열감지 카메라, 드론, 도청 장비 등 최첨단 장비를 동원해 도시의 사각지대와 지하 공간을 샅샅이 수색했다.

색출된 칩 거부자들은 '사회 통합 및 재교육 캠프'라는 이름의 시설로 연행되었다. 이곳은 공식적으로는 '편견을 해소하고 사회에 재편입시키는 곳'으로 선전되었지만, 실제로는 강제 노동, 고문, 세뇌가 자행되는 수용소였다.

완강히 저항하거나 탈출을 시도하는 이들에 대해서는 '사회 질서 유지를 위한 공개적 조치'라는 명목 아래 처형이 이루어졌다. 이는 다른 거부자들에게 공포를 주어 저항 의지를 꺾기 위한 본보기였다.

이러한 색출 작업은 GUA가 '안전과 평화'를 명목으로 내세운 통치가 실제로는 한 사람 한 사람의 자유와 생명을 완전히 장악하려는 전체주의적 통제에 불과함을 여실히 증명했다.

'깨어남' 커뮤니티를 통해 새어 들어오는 소식들은 날이 갈수록 그 빈도와 절망감을 더해 갔다. 어둠 속에서 전달되는 낱낱의 정보는 칩을 거부한 이들이 제적된 기록처럼 한두 명씩 흔적 없이 주변에서 사라지고 있음을 알렸다. 더욱이 일부 격리 구역에서는 이른 바 '사회 질서의 해충'을 소탕한다는 명목 아래 공개 처형이 자행되고 있다는 끔찍한 소문이 입에서 입으로, 목숨 걸고 퍼져 나갔다.

GUA는 이러한 잔혹한 행위를 '사회 질서 유지를 위한 필수 조치'라고 공식 선전하며 오히려 그 정당성을 역이용했다. 그들의 선전 매체는 끊임없이 칩이 가져다줄 안전과 번영을 그리고 그것을 거부하는 자들의 이기심과 위험성을 부각하며 공포를 체제에 대한 복종으로 전환하려 들었다. 지하 대피소에 남은 이들에게 세상은 이제 사냥꾼의 발소리가 점점 가까워지면서 빛이 꺼져 가는 우주처럼 느껴졌다.

지하 대피소의 벽면을 따라 전해지는 진동은 마치 거대한 포식 소리 같았다. GUA의 수색 작전은 지상에서 시작되어 이제 지하 깊은 곳까지 파고들고 있었다. 그들의 발걸음은 단조롭고 무거웠으며, 철제 군화가 콘크리트 바닥을 내리치는 소리는 공간마다 메아리쳐 공포를 증폭시켰다.

때로는 머리 위 배관을 따라 전달되는 잡음들이 들렸다. 금속 도구가 덕트를 두드리는 소리, 레이더 스캐너의 삐-- 하는 전자기 음 그리고 수색대원들의 간결하고 무감정한 교신 목소리.

"B-6 구역 청정."

"C-2 이동 경로 확인."

그들의 대화에는 인간적인 어조가 단 한 줌도 섞여 있지 않았다.

그리고 적외선 센서의 붉은 빛줄기가 어둠을 가로지르는 순간 지하 대피소의 주민들은 숨을 죽였다. 그 빛이 스치자마자 어둠 속에 숨은 생명의 흔적들이 일순간 선명하게 드러날 것만 같았다. 공기 중에 스치는 전파의 바람은 보이지 않는 손이 어둠을 더듬어 그들을 찾아내려는 것만 같았다.

한때 인간이었을 이 존재들이 이제는 완전히 체제의 도구로 전락한 사실이 이 모든 상황에서 드러났다. 그들의 수색은 체계적이고 무자비하며 끝을 모르는 교란의 연속이었다. 마치 지하 미로에 갇힌 쥐들을 향해 거대한 고양이가 발톱을 세워 차분히 접근해 오는 것처럼.

김길부 교수는 이 모든 상황을 바라보며 마음이 무거워질 수밖에 없었다. 그는 과거 자신이 "편리함과 생존을 위해 칩 도입이 불가피할 수도 있다"라고 말했던 때가 떠올랐다. 그때는 이 칩이 가져올 영적 파멸과 인간성 상실을 제대로 예견하지 못한, 순전히 현실주의적 관점에서 내린 판단이었다.

그 발언이 지금, 이 순간 자신과 사랑하는 이들을 옥죄는 족쇄로 돌아오는 듯한 고통과 후회가 밀려왔다. 그는 강영철의 최후가 단순한 개인의 비극이 아니라 짐승의 표를 받는 모든 이가 맞이할 운명의 일부분임을 뼈저리게 직감했다.

영수는 김길부 교수의 상태가 심상치 않음을 눈치챘다. 그는 종일 말이 없어졌고 가끔 깊은 생각에 잠겨 어둠을 응시하기 일쑤였다. 영수는 장인의 마음을 읽기라도 하듯 다가가 조용히 말을 건넸다.

"장인어른, 우리와 함께 꼭 가야 합니다."

영수가 김길부의 손을 따뜻하게 잡으며 다정하게 말을 이었다.

"찬수 친구가 새로운 안전 기지를 마련했다고 했어요. 여기보다는 훨씬 안전할 거예요."

영수의 말을 들으며 김길부 교수의 가슴을 무거운 회한이 내리눌렀다. '이선화 여사'의 모습이 선연하게 떠올랐다. 그녀는 사돈이라는 어색한 사이에도 불구하고, 한 번도 놓지 않았던 친절과 믿음의 눈빛으로 그에게 하나님의 말씀을 전하려 애썼다.

"김 교수님, 이 세상의 지혜는 한계가 있습니다. 하지만 하나님의 말씀만은 영원합니다."

그때마다 그는 유명한 대학 교수의 명성과 경제학자로서의 지능과 논리를 앞세워 냉정하게 답했다.

"이선화 여사님, 그건 훌륭한 신념이지만, 우리가 사는 현실은 데이터와 분석이 지배하는 세상입니다."

그때 그가 내뱉은 '데이터'와 '분석'이라는 단어들이 지금 와서는 자신의 영혼을 가로막았던 장벽처럼 느껴졌다. 하지만 동시에, 그의 가슴엔 미세한 감사의 빛이 스멀거렸다. 적어도 그의 사랑하는 딸 소영이는 시어머니의 말씀을 온전히 믿고 받아들였기에, 이 지옥 같은 현장을 직접 목격하지 않아도 된다는 사실이었다. 그 작은 위로만이 지금의 고통을 견딜 수 있게 하는 유일한 버팀목이었다.

그의 마음은 사위인 영수를 향한 깊은 미안함으로 무거워졌다. 수년 동안 자신이 철저히 신봉해 왔던 현실주의적 세계관과 과학 이성 너머의 것은 모두 미신이라고 여겼던 무신론적 태도가, 자신도 모르는 사이에 영수의 마음속에 뿌리를 내리지 않았을까 하는 걱정이 그의 가슴을 옥죄었다.

"내가 그때 그렇게까지 단호하게 복음을 부정해야 했을까…"

강영철 교수 댁을 갔는데 어린 영수가 "교회 크리스마스 예배에 같이 가서 예쁜 동산도 구경하고 찬양도 듣고…" 하자고 했을 때 "그런 데 가서 허송세월로 시간 보내지 말고 공부나 더 열심히 하라며" 무심코 던졌던 말들이 떠올랐다.

박사 학위와 명성, 그리고 수많은 논문이 오히려 사위의 영적 길을 가로막는 걸림돌이 되지는 않았을까 하는 후회가 스멀스멀 피어올랐다.

"내가 가르친 것이 영수로 하여금 어머니의 믿음을 외면하게 만든 것은 아닐까…."

그의 죄책감은 단순한 후회를 넘어, 한 인간의 영혼을 그릇된 길로 이끌었을지도 모른다는 깊은 자책으로 이어졌다. 그는 자기 잘못을 바로잡아야 한다는 일념으로 짐승의 표를 거부하기로 마음먹었다. 그것은 단순한 생존을 위한 선택이 아니라 자기 잘못을 회개하고 진정한 믿음을 따라가기 위한 결심이었다.

새벽 4시, 도시의 영혼이 가장 깊은 절망에 빠지는 시간이 찾아왔다. 기온은 뼛속까지 시리는 영하의 경계를 맴돌았고, 도시를 집어삼킨 짙은 안개는 마치 산성비처럼 혀끝을 마비시키고 목을 칼칼하게 긁어내렸다. 이 안개는 단순한 기상이변이 아니라 GUA가 심어놓은 영혼을 서서히 질식시키는 독이자 모든 희망을 가리는 장막이었다.

강영수는 자신의 인생 전부가 짓밟힌 폐허의 증인처럼 장인 김길부 교수와 함께 구도심 외곽의 낡은 폐공장 지대를 향해 묵묵히 그러나 비틀거리며 걸음을 옮기고 있었다. 그들의 발밑에서 짓밟히는 깨진 유리 조각 소리는 마치 이 세상의 마지막 희망이 부서지는 소리 같았다.

영수는 낡은 배낭 두 개를 지고 있었다. 배낭의 무게보다 더 무거운 것은 그가 평생을 바쳤던 이성적인 세계가 성경의 예언 앞에서 완전히 붕괴한 후 찾아온 지식인의 절망이었다. 김길부 교수의 확고한 '비합리적인' 믿음만이 그의 발밑을 지탱하는 유일한 땅임을 깨달으며 영수는 문득 자신이 믿음을 버리고 신념을 숭배했을 때의 오만함에 몸서리쳤다.

GUA의 추격 네트워크는 그물처럼 촘촘하고 강철처럼 단단했다. 폐공장의 녹슨 굴뚝 위에서 서공 비행하는 '인간 인식 드론' 서너 대가 모기의 날갯짓처럼 불쾌한 굉음을 윙윙거렸다. 이 드론들은 단순한 열 감지 센서를 넘어 미세한 이산화탄소 농도 변화와 걸음걸이의 독특한 패턴까지 분석해 인간의 그림자까지 찾아냈다.

영수는 폐건물의 녹슨 철골 구조물 아래로 몸을 숨기며 차가운 쇳내와 먼지 섞인 습한 공기를 들이마셨다. 그의 심장 박동 소리가 고요한 새벽을 깨뜨릴지 두려워 숨을 멈췄다.

공장 지대의 가장 음침한 모퉁이를 막 돌아섰을 때 갑자기 폐건물 옥상에서 수십만 칸델라의 빛을 내뿜는 탐조등이 날카로운 비수처럼 그들을 덮쳤다. 눈앞이 완전히 하얗게 변하며 영수는 방향 감각을 완전히 잃었다. 뒤이어 군용 장갑차 두 대가 고대 괴물의 포효처럼 쇠를 긁는 굉음을 내며 나타났다. 차량의 육중한 진동이 땅을 뒤흔들었다.

갑자기 터진 차가운 명령과 함께 공기가 순간 얼어붙었다.

"움직이지 마! 양손을 머리 위로 올려!"

목소리는 기계처럼 날카롭고 무감정했지만, 그 속에는 누구라도 즉시 알아챌 수 있는 위협이 담겨 있었다. 그가 숨을 죽인 채 고개를 돌리자, 어둠 속에서 GUA 병사 두 명이 전술 조명으로 그의 얼굴을 직접 비추고 있었다. 빛이 너무 강렬해 앞을 볼 수 없었다. 그는 본능적으로 눈을 가릴 뻔했다.

"다시 한 번 말한다, 움직이지 마! 움직이면 쏜다."

병사 중 한 명이 무장한 채로 다가왔다. 군화가 콘크리트 바닥을 내리치는 소리가 적막한 공간에 메아리쳤다. 다른 한 명은 여전히 총을 그를 겨누며 사방을 경계했다.

"천천히, 너무 빠르지 않게. 손가락 하나 까딱하지 말고."

그의 심장이 빨라졌다. 공포가 온몸을 스치며, 순간적으로 모든 가능성과 결과가 머릿속을 스쳐 지나갔다.

한 군인이 영수를 향해 자동소총의 검고 차가운 총구를 들이밀었다. 헬멧과 군복 앞가슴에는 GUA 마크를 부착하고 있었다. 군복 위로 '통합생명칩'이 내뿜는 섬뜩하고 비인간적인 푸른 빛이 어둠 속에서 번뜩였다. 그 빛은 인류의 종말을 상징하는 표식처럼 느껴졌다.

체포의 순간, 김길부 교수는 일말의 망설임도 인간적인 주저함도 없었다. 그는 온몸의 힘을 다해 영수를 폐건물 더미 속으로 격렬하게 밀쳐냈다. 그 힘은 연약한 노인의 힘이 아니었다. 마지막 사랑과 희생의 초월적인 힘이었다.

"영수야! 너는 도망쳐!"

김길부 교수의 목소리는 평소의 온화함을 벗어나, 목이 터지라 외치는 절박한 함성으로 변했다. 그의 눈에는 공포보다는 결의가 불타올랐다.

"너는 반드시 살아서 이 진실을 증언해야 한다!"

그는 자신의 몸을 방패 삼아 영수를 막아섰다. 그의 두 손은 꽉 쥐어져 있었고, 온몸으로 위협을 맞받을 준비를 하고 있었다.

"저들이…. 저들이 무엇을 하고 있는지, 이 세상이 어떤 길을 가고 있는지를…. 반드시 세상에 알려야 한다!"

그의 말에는 간절한 부탁과 함께 한 지식인의 마지막 사명이 담겨 있었다. 그것은 한 개인의 생존을 넘어, 진실 그 자체를 지키기 위한 필사적인 외침이었다.

"네 어머니의 믿음이…. 네 안에서…. 꼭…!"

그의 말은 갑작스러운 충격과 함께 끊겼지만, 그 메시지는 이미 영수의 가슴에 깊이 새겨졌다.

그의 외침은 단순히 생존을 위한 명령이 아니었다. 그것은 이 세상에 남긴 피로 새긴 유언이었다. 이성이 아닌 절대적인 사랑과 희생에서 비롯된 순교자의 처절한 외침이었다.

김길부 교수는 쓰러지면서도 군인을 향해 큰 소리로 외쳤다.

"나는 짐승의 표를 받지 않을 것이다!"

그의 외침은 공포에 질린 속에서도 굳건한 신념으로 가득 차 있었다. 눈에 선한 혈관이 도드라질 만큼 그는 단호하게 외쳤다.

"이마나 손에 인을 받아들여서, 하나님을 대적하는 자에게 경배하는 일은 절대 용납할 수 없다!"

주변의 시선이 집중되는 가운데, 그는 조금도 물러서지 않았다. 오히려 그의 목소리는 더욱 힘을 얻었다.

"너희는 기만당하고 있다! 이 편리함과 안전이라는 속삭임 뒤에 영혼을 파는 함정이 도사리고 있다는 것을 깨달아야 한다!"

그의 말에는 분노보다는 오히려 깊은 슬픔과 경고가 담겨 있었다. 비록 그의 경고가 적대적으로 받아들여질지라도, 그는 진실을 외치는 사명을 포기할 수 없었다.

"지금이라도 눈을 떠라! 이 치명적인 속임수에서 벗어나라!"

흥분한 군인이 방아쇠를 당겼다. 총성이 수천 개의 유리창을 깨는 듯한 날카로운 굉음을 내며 고요한 새벽을 갈랐고 김길부는 왼쪽 허벅지에 붉은 꽃이 피어나듯 총상을 입고 쓰러졌다. 붉은 피가 검은 아스팔트 위로 검은 잉크처럼 빠르게 번져나갔다.

영수는 비명을 지르려 했지만, 그의 목소리는 목구멍에 걸린 핏덩이처럼 나오지 못하고 공포에 질려 질식했다. 다른 군인들이 흙먼지를 흩날리며 추격해 왔고, 영수는 김길부 교수의 피 냄새와 뜨거운 흙먼지 냄새를 맡으며 본능적으로 폐건물 더미 속으로 몸을 던졌다. 그는 기어코 미로 같은 녹슨 철골 구조물과 날카로운 콘크리트 잔해를 빠져나와 안개 낀 어둠 속으로 숨어들었다.

영수는 장인을 버리고 도망친 자신을 평생 용서할 수 없을 것이라는 극심한 죄책감의 족쇄와 홀로 남겨졌다는 절대적인 절망감을 짊어진 채 이 세상에서 완전히 고립된 배신자가 되었다. 그의 등에는 김길부 교수의 피 냄새가 스며들어 그를 영원히 괴롭힐 것만 같았다.

고독한 도피와 이성의 붕괴

영수는 꼬박 닷새 동안을 인적이 완전히 끊긴 지하 배수로와 무너져 내린 건물들의 잔해 속에서 숨어 지내야 했다.

지하 배수로는 캄캄한 어둠과 썩은 물 냄새가 스며들어 있었다. 발밑에서는 끈적이는 진흙이 그의 발걸음을 옭아매었고, 머리 위로는 때때로 쥐 떼가 지나가는 소리가 메아리쳤다. 그는 오물이 스민 차가운 콘크리트 벽에 등을 기대어 앉아, 고요함보다는 적막함이 더 무거운 이 공간에서 시간이 흐르기를 기다렸다.

밖으로 나선 그는 무너져 내린 건물들의 잔해 속으로 몸을 숨겼다. 부서진 콘크리트 조각과 뒤틀린 철근들이 그의 은신처가 되었다. 낮에는 GUA 병사들의 발걸음 소리가 가까이 다가올 때마다 숨을 죽였고, 밤이 되면 하늘에 떠오른 달빛이 무너진 건물의 그림자를 드리우며 그의 외로움을 더욱 깊게 만들었다.

그의 몸은 굶주림과 추위에 떨었지만, 김길부 교수의 "너는 반드시 살아서 이 진실을 증언해야 한다!"라는 마지막 외침은 그의 가슴속에서 꺼지지 않는 불꽃처럼 타오르고 있었다.

그의 몸은 굶주림과 추위 그리고 상한 물을 마신 후 덮쳐온 극심한 구토와 복통으로 만신창이가 되어 있었다. 그러나 그 어떤 육체적 고통보다도 더 견디기 힘든 것은 바로 주변에 아무도 없다는 사실, 그 완벽한 고독감이었다.

아내와 아이들이 공중으로 사라졌을 때 느꼈던 그 존재론적 공허함이 이번에는 장인인 김길부 교수의 희생으로 인해 '나는 한 사람을 죽음에 내몰고 홀로 도망친 비겁자'라는 날카로운 죄책감의 형태로 변모해 그의 영혼을 무자비하게 난도질하고 있었다.

이 무시무시한 죄책감의 무게는 영수에게 숨 쉴 때마다 심상이 뛸 때마다 쉼 없이 같은 질문을 되풀이해 던졌다.

"나는 대체 왜 그 자리에서 도망쳤는가? 강영수, 너는 논리와 이성을 중시하는 인간이 아니었느냐? 그런 너는 어찌하여 김길부 교수의 그 희생을, 어떤 수학 공식이나 사회 윤리로도 설명할 수 없는 그 행위를 마주해야 했느냐?"

그 순간, 그의 머릿속에서 평생을 쌓아 올렸던 모든 지식 체계, 30년 이상을 갈고닦아왔던 이성의 거대한 성채가 순식간에 무너져 내리는 소리가 났다. 그 거대한 구조물이 무너져 내린 자리에는

'이제 다시는 소영의 얼굴을 보지 못할지도 모른다'라는 지독한 공포와 '나는 순교할 용기조차 갖추지 못한 비겁자다'라는 자괴감만이 남아 그의 존재 전체를 뒤흔들고 있었다.

그가 마지막으로 숨어 지내던 낡은 폐공장 사무실 바닥에서 그는 우연히 김길부 교수가 흘린 '희생의 증표'와도 같은 낡고 해진 가죽 지갑을 발견했다. 지갑의 가죽 표면은 그의 마음속 고통처럼 너덜너덜하게 해어져 있었다. 그는 떨리는 손으로 지갑을 열었다.

안에는 한때 그가 세계적인 경제 포럼에서 강연하던 화려한 시절의 명함들과는 대조적으로 나무의 거친 질감이 그대로 살아 있는 작은 십자가 펜던트와 어머니 이선화 여사의 손때로 빛이 바랜 성경 노트 사본이 정성스럽게 보관되어 있었다. 그 십자가는 과거 영수의 냉소적인 시선에는 비합리적인 미신의 상징에 불과했지만, 지금, 이 순간 두려움과 절망에 싸인 그의 눈에는 마지막 남은 신성한 유산처럼 위엄 있게 그를 응시하고 있었다.

영수는 어머니의 노트를 펼치는 손이 떨림을 주체할 수 없었다. 어머니의 글씨는 부드러운 연필로 쓰여 있었지만, 그 내용은 바위를 가르는 듯한 절대적인 확신의 힘을 가지고 있었다.

내 사랑하는 아들아,

만약 네가 이 글을 보게 된다면, 너는 이미 이 세상이 주는 명예, 재물, 인간관계를 잃고 진정한 의미의 고아가 되어 버린 자일 것이다.

지금, 너는 아마도 외로운 길 위에 서 있을 것이다. 네 주변에는 더 이상 의지할 부모도, 따뜻한 친구의 미소도, 사회가 인정해 주는 안정된 자리도 없을 것이다. 하지만, 이 모든 상실이야말로 네가 진정으로 찾아야 할 것을 위한 첫걸음임을 기억하라.

네가 잃은 것들은 모두 덧없는 것들이다. 모래 위에 그린 그림처럼 사라질 운명이었지. 그러나 이제, 네 안에 남은 것은 영원히 빛을 발할 씨앗과 같다.

네가 지금 절망의 끝자락에 서 있다고 해도, 두려워하지 말라. 이 고독 속에서 비로소 네 영혼의 참된 목소리를 듣게 될 테니. 세상의 모든 소음이 사라진 이 적막 속에서 너는 창조주의 부르심을 선명하게 알아들을 수 있을 것이다.

기억하라, 아들아. 진정한 고아는 부모를 잃은 자가 아니라, 자신의 영혼을 잃어버린 자라는 것을. 너는 비록 세상에서는 모든 것을 잃었을지라도 영원한 생명의 유산을 지니고 있다.

네가 지금 어디에 있든, 어떤 어둠 속에 갇혀 있든, 희망의 끈을 놓치지 말라. 진리는 네 안에 살아 숨 쉬고 있다. 네가 그토록 믿어 의심치 않았던 이성의 성은 무너졌고, 네가 의지하며 살아왔던 모든 가치와

원칙은 헛된 것이 되었을 것이다. 지상의 모든 영광이 마치 바람에 흩어지는 연기와 같았음을 이제야 비로소 깨닫게 되었느냐?

네가 평생을 연구해 온 경제학은 네가 자랑으로 여기던 그 논리와 데이터는 바로 이 지점에서 더 이상 아무런 힘을 발휘하지 못한다. 이 모든 것이 무너져 내리는 경험 자체가 너를 진정한 생명의 길로 인도하는 가장 확실한 '방정식'이다.

마태복음 24장 13절을 기억하라. '끝까지 견디는 자는 구원을 얻으리라.' 이 말씀은 단순한 위로나 희망이 아니다. 이것은 하나님이 주시는 절대 변치 않는 약속이니라. 네가 지금 겪고 있는 모든 상실과 고통, 배신과 절망은 오직 네 믿음을 단련하고 정제하는 과정일 뿐이다. 네가 마지막 순간까지 마지막 호흡까지 주님을 신뢰하고 의지한다면, 이 세상 그 어떤 힘도 그 어떤 고통도 너를 주님의 영원한 사랑에서 끊어낼 수 없으리라.

이 글을 읽는 순간, 영수는 폐허 속에서 야수처럼 울부짖으며 완전히 무너져 내렸다. 그는 평생을 물질적 증거와 논리적 근거만을 숭배하며 어머니의 믿음을 철저히 외면해 왔다. 그러나 지금, 이 현실은 오히려 성경의 예언과 어머니의 경고가 가장 논리적이고 정확하게 실현되고 있음을 보여주고 있었다.

그는 장인 김길부 교수가 마지막 순간에 자신을 구하기 위해 외쳤던 "너는 살아야 한다!"라는 그 절규가 단순히 육신의 생명을 부지하라는 의미가 아니었음을 깨달았다. 그것은 사라진 아내와 아이들 그리고 자신을 대신해 순교한 장인의 믿음을 이어받아 세상에 그 진실을 증언하라는 영혼을 건 사명이었다.

그는 더 이상 오만한 이성주의자 강영수가 아니었다. 그는 이제 순교자의 피로 물들인 증언을 지고 이 깊은 어둠 속을 홀로 걸어가야 할 '남겨진 자'이자 '참된 증인'으로 다시 태어난 것이었다.

순교의 순간

김길부 교수는 GUA의 '통합생명칩' 연구소 지하에 마련된 비밀 감옥, 관계자들 사이에서는 '진리의 블랙사이트'라고 불리는 곳에 수용되었다. 그곳은 단순히 육신을 가두는 공간이 아니라 인간의 영혼을 분자 단위로 해체하고 재구성하려는 시도가 이루어지는 지옥과도 같은 곳이었다.

얼마 지나지 않아 GUA의 최고위급 관료이자 마르쿠스의 그림자와도 같은 존재인 '율리시스 장관'이 냉소와 자신감이 섞인 미소를 띠며 그를 직접 찾아왔다.

율리시스 장관은 정교하게 금실로 수가 놓인 권위와 오만이 스며든 화려한 제복을 차려입고 김길부 교수에게 가장 달콤하고도 지능적인 유혹의 말을 속삭이듯 건넸다. 그의 목소리는 겉으로는 부드럽고 이성적으로 들렸지만, 그 이면에는 절대적 권력이 주는 위압감과 영혼을 서서히 갉아먹는 치명적인 독이 서려 있었다.

"김길부 교수님, 당신은 한때 이 사회의 가장 든든한 버팀목이자 우리 경제 시스템의 정신적 지주였습니다. 우리는 당신의 통찰력 넘치는 전문 지식과 경험을 통해 완전히 새로운 화폐 체계와 영구적으로 흔들림 없는 경제 안정을 구축하고자 합니다. 교수님, 그저 이 작고 하찮은 칩 하나만 받아들이신다면…. 독감 예방 주사 맞듯이, 아프지도 않을 겁니다. 한순간이면 끝나요."

GUA 요원이 유려한 목소리로 속삭이듯 말했다. 그의 손에는 반짝이는 메탈릭 실버 색상의 주사기가 들려 있었다. 바늘은 머리카락보다 가늘었지만, 그 안에 담긴 것은 백신이 아닌 운명을 바꿀 기술이었다.

"당신은 '대륙 경제 자문위원회'의 수상으로 그 영광스러운 왕좌에 오를 수 있습니다. 백악관에서 열리는 글로벌 경제 포럼의 최전방 좌석, 세계은행 총재와 나누는 정례 회담, 그리고…."

그는 일부러 말을 끊었다.

"모든 학술지의 표지를 장식할 당신의 연구 예산이 다시 돌아올 것입니다. 현실의 필요와 이상 사이에서 지혜롭게 타협하는 것 그것이 바로 진정한 지성인이 갖춰야 할 최고의 미덕이 아닐까요?"

그의 손짓은 우아했지만, 그 이면에는 냉랭한 거래가 숨어 있었다. 김길부는 차가운 쇠사슬에 손발이 묶인 채 고통을 참으며 단호하게 고개를 들었다. 총상으로 인한 지속적인 출혈과 잔인한 고문으로 그의 얼굴은 죽음처럼 창백해져 있었지만, 그의 눈동자만은 여전히 굳건한 불꽃처럼 타오르고 있었다.

피로 얼룩진 와이셔츠가 상처로 스며들어 짙은 붉은색으로 물들었고, 팔과 가슴에는 고문의 흔적이 선명하게 새겨져 있었다. 숨 쉬는 것마저 고통스러운 그의 몸은 바닥에 고인 핏물 위에 무력하게 놓여 있었다.

그러나 그의 이마에는 고통의 땀방울 대신, 굴복하지 않으리라는 의지의 주름이 파여 있었다. 입가에 맺힌 핏방울이 바닥에 떨어질 때마다, 그의 눈빛은 오히려 더욱 선명해졌다. 이 육체의 고통과 죽음의 공포는 오히려 그의 믿음을 단단하게 단련시키는 도구에 불과했다. 유일하게 빛을 발하는 그의 두 눈은 마치 사막의 한낮 태양처럼 강렬하게 빛나고 있었고 꺼질 줄 모르는 불꽃처럼 뜨겁게 타오르고 있었다.

"나는 이미 그 길이 잘못되었음을 깨달았다! 나는 이 세상의 덧없고 헛된 이익과 명성을 위해 내 모든 지식과 재능을 바쳤다! 하지만 이제는 결코 내 지식이 이 악한 체제를 정당화하고 유지하는 도구로 이용되도록 내버려두지 않겠다! 당신들이 말하는 그 '영원한 안정'과 '새로운 질서'란, 결국 인간의 영혼을 사냥하는 사망의 덫에 지나지 않는다! 나는 이제 오직 한 분, 영원하신 진리인 주님만을 따르겠다. 내, 이 육신은 비록 쇠사슬에 묶일지라도 나의 영혼은 절대로 묶이지 않는다!"

그의 마지막 외침은 좁은 감옥의 벽을 뚫고 나갈 듯한 웅장한 선언이었다.

그의 재판은 GUA 중앙 광장에서 최첨단 홀로그램 시스템을 동원해 가장 화려하고도 기만적인 방식으로 전 세계에 생중계되었다. 수백만, 수천만 명의 칩을 받아들인 시민들이 이 '배교자'이자 '반역자'의 최후를 마치 흥미진진한 서커스나 연극을 보듯 지켜보았다. 각 가정의 텔레비전 화면 앞에서는 온 가족이 팝콘을 먹으며 이 '역사적인 순간'을 지켜보고 있었고, 거리 곳곳에 설치된 대형 전광판 아래에서는 군중들이 일제히 함성을 지르며 '정의의 심판'을 환호했다.

김길부 교수는 GUA 중앙 재판소에서 엄숙하게 유죄 판결을 선고받았다. 재판장은 그를 '인류의 발전과 통합을 고의로 저해한 사회 통합 저해 세력'이자 '과학적 진보를 거부한 시대착오적인 광신도'로 규정했다.

그의 주장은 모두 '사회적 편견과 미신'으로 치부되었고, 평생의

265

연구 성과는 '잘못된 데이터와 편견에 기반한 허구의 이론'으로 단죄받았다.

이 모든 과정은 마치 각본에 따라 진행되는 연극처럼 완벽하게 연출되었다. 유일하게 예상치 못한 것은 카메라가 그의 얼굴을 클로즈업했을 때, 김길부 교수의 눈빛에 조금도 후회나 두려움이 없었다는 점이었다. 오히려 그의 눈동자에는 이 위대한 기만극이 결국 무너질 것임을 예견하는 듯한 평정한 빛이 반짝이고 있었다.

마지막 순간이 다가왔을 때, 처형장 앞에 선 그는 조금도 주저하거나 무릎을 꿇지 않았다. 오히려 그의 몸가짐은 평생 삶 중 가장 당당하고 단호했다.

그의 눈빛은 군중을 가로지르며, 마치 모든 가면을 벗겨내는 듯했다. 그 안에는 분노도, 두려움도 없었다. 오히려 깊은 연민과 함께 이 거대한 기만극이 결국 무너질 것임을 확신하는 빛이 담겨 있었다.

"내가 오늘 죽음을 맞이하는 것은 너희가 내일 진실을 마주하게 될 희생제물이다."

그의 마지막 말은 처형장의 적막을 찢었다. 그것은 저항도, 저주도 아닌, 예언자의 선언과도 같았다. 그는 주변에 모인 GUA 군인들과 홀로그램 스크린을 통해 그를 바라보는 수많은 시민을 향해 고통 속에서도 천국의 문을 바라보는 듯한 놀랍도록 평온한 미소를 지으며 마지막 힘을 모아 외쳤다. 그의 목소리는 모든 생중계 시스템을 통해 도시 전체에 그리고 지하에 숨어 있는 영수에게까지 소름 끼치도록 선명하고 메아리치듯 울려 퍼졌다.

"나는 이 짐승의 표를 단호히 거부한다! 나는 오직 한 분, 주 예수 그리스도만을 증언한다! 이제 나는 나의 주인이신 예수 그리스도께로 돌아간다!

'… 네가 죽도록 충성하라 그리하면 내가 생명의 관을 네게 주리라(요한계시록 2:10)'"

마지막 총성이 울려 퍼졌고, 김길부 교수의 몸은 마지막 남은 힘까지 다한 늣 고요히 그러나 위엄 있게 땅에 무너져 내렸다.

그의 순교 소식은 영수의 귀에 직접 들리지는 않았지만, '깨어남' 지하 커뮤니티의 암호화된 비밀 통신망을 타고 '짐승의 표를 거부한 첫 번째 저명한 지식인의 장엄한 순교'라는 소식으로 영수에게 전달되었다. 김길부 교수가 흘린 그 마지막 피는 이제 영수에게 더 이상 물러설 곳이 없음을 알리는 돌이킬 수 없는 결단을 요구하는 영원한 핏빛 증언이 되었다.

남겨진 이의 사명

　김길부 교수의 순교 소식은 영수에게 뼈를 에는 듯한 고통과 함께 동시에 묘한 영적 해방감을 안겨주었다. 이제 그는 이 넓은 세상에서 진정으로 아무런 의지할 곳 없이 홀로 남겨졌지만, 동시에 하나님께서 특별히 선택하신 존재가 되었다는 엄숙한 깨달음이 밀려왔다.

　그는 무너진 건물 잔해 속에서 온몸에 흙먼지를 뒤집어쓴 채 사흘 동안이나 아무것도 먹지도 마시지도 않은 채 목이 터지라 울부짖었다. 그가 이 세상에서 사랑했던 모든 것들 그의 삶을 지탱해 주던 모든 인간적 유대감이 하나둘씩 사라져 버렸기 때문이다.

　가족을 모두 잃은 그 깊은 상실감은 그를 완전히 짓누르며 깊은 절망의 구렁텅이로 빠져들고 싶은 유혹까지 느끼게 했다.

　"장인어른! 어째서 저만을 이렇게 외롭게 남겨두셨습니까?"

　그의 절규는 폐허 속에서도 메아리치지 않을 것만 같았다. 공기가 그의 고통을 삼켜 버리는 듯했다.

"저는 비겁하게도 도망쳤습니다! 장인어른께서는 당당하게 맞서셨는데, 저는…. 저는 그저 도망치기만 했습니다!"

그의 주먹이 부들부들 떨렸다. 자괴감이 그의 목소리를 떨게 했다.

"저에겐 그 어떤 믿음도 없습니다! 장인어른과 아내의 그 확고한 믿음은 저에게는 너무나도 먼 것이었습니다."

그의 눈빛이 흐려졌다. 자기 내면을 마주하는 것이 두려운 듯했다.

"이 캄캄한 어둠 속에서…. 저는 그저 배고픔과 공포에 떠는 짐승과 다를 바 없는 존재일 뿐입니다!"

그는 무릎을 꿇었다. 그의 어깨는 패배의 무게로 짓눌려 있었다. 하지만, 이 절망적인 고백 속에서도 그의 영혼은 여전히 무언가를 갈구하고 있었다.

그는 허물어져 가는 폐건물의 축축하고 차가운 벽을 피가 맺히도록 주먹으로 내리치며 자신의 모든 죄책감과 절망을 토해내듯 절규했다.

그러나 그 한가운데에서도 그는 김길부 교수의 죽음이 결코 비극의 종말이 아니라 오히려 가장 영광스러운 승리이며 가장 위대한 가치를 실현한 순간임을 영혼 깊숙이에서 깨닫기 시작했다.

김길부 교수는 자신의 목숨을 기꺼이 내던지며 짐승의 표를 거부함으로써 뒤에 남겨진 사위에게 진정한 생명이 무엇인지를 영원히 변치 않는 가치가 무엇인지를 가장 확실하고도 웅변적인 행동으로 가르쳐 주었다.

"이것이 바로 장인어른이 나에게 남긴 마지막 유언이야."

영수의 손에는 장인이 작성한 메모지 한 장이 남았다. 종이 한 장에 불과했지만, 그 무게는 마치 산과도 같았다. 장인어른의 필체는 마지막 순간에도 흐트러짐이 없었고, 그 안에는 모든 진실이 고스란히 담겨 있었다.

그 종이는 살짝 구겨져 있었고, 모서리에는 어두운 핏자국이 스며들어 있었다. 하지만 필체는 놀랍도록 곧고 단호했다. 마지막 순간까지 지식인의 품위와 신념을 지키려 했던 장인의 의지가 느껴졌다.

메모에는 간결하지만, 핵심을 찌르는 문장들이 적혀 있었다.

"GUA의 진정한 목적은 통치가 아니라 인간 정신의 말살이다."

"칩은 단지 시작에 불과하다. 다음 단계는 생각의 통제다."

"영수야, 진실을 증언하라. 그것이 우리의 유일한 저항이다."

한 줄 한 줄이 영수의 가슴을 강타했다. 이 작은 종이 조각은 단순한 유언이 아니었다. 그것은 한 시대의 진실이 압축된 증거였고, 장인이 자신의 생명을 걸고 남긴 경고의 편지였다.

"그리고 이것은…"

그의 목소리가 갑자기 부드러워졌다. 그는 가슴속에 품고 있는 낡은 성경책을 꺼내 살며시 펼쳤다. 페이지마다 어머니의 손길이 선명하게 남아 있었다.

"어머니께서 내게 물려주신 가장 소중한 유산이지."

그는 장인의 메모와 성경을 번갈아 보며, 두 권의 책이 서로를 완성하는 듯한 느낌을 받았다. 하나는 예언의 경고였고, 다른 하나는 영원한 약속이었다. 이 두 가지 유산은 이제 그의 가슴속에서 하나로 녹아들어, 더 이상의 방황을 허락하지 않을 빛이 되었다.

영수는 장인의 피가 묻은 메모를 마치 자기 심장에 박아 넣을 듯이 꽉 붙들고, 그 의미를 되새겼다.

그의 손가락이 핏자국이 배인 종이 위를 더듬었다. 이미 마른 피가 얼룩진 그 자리는 마치 장인의 마지막 숨결이 영원히 각인된 인장과도 같았다. 그는 그 작은 종이 조각을 꼭 쥐었고, 날카로운 모서리가 그의 손바닥을 파고들어 고통을 안겼지만, 그는 오히려 그 고통을 통해 자신이 아직 살아있음을, 그리고 장인의 유언이 살아 숨 쉬고 있음을 확인했다.

"진실을…. 증언하라."

그가 입술 사이로 그 말을 속삭일 때, 종이는 마치 응답이라도 하듯 살짝 스쳐 울렸다. 이제 이 유언은 단순한 종이가 아닌, 그의 영혼에 새겨진 맹세이자, 앞으로 나아가야 할 길을 비추는 등불이었다. 그는 그 종이를 가슴 주머니에 조심스럽게 넣었다. 장인의 마지막 숨결과 함께한 이 유언은 이제 그의 심장과 함께 뛰기 시작했다.

"이제 나는 더 이상 쥐새끼처럼 도망다니는 생존자가 아냐."

영수의 눈빛이 변했다. 공포에 짓눌려 흔들리던 빛이, 이제는 확고부동한 결의로 굳어져 있었다. 그의 어깨는 더는 굴욕적으로 움츠러들지 않았고, 대신 지금껏 짊어지고 있던 운명의 무게를 정직하게 떠안는 듯했다.

"나는 어머니 그리고 순교하신 장인어른의 믿음을 이어받은 증인이야."

그의 목소리는 이제 떨리지 않았다. 오히려 그 자리에서 맹세하는 것처럼 장중하고 엄숙했다. 그는 가슴에 품은 피 묻은 메모와 낡은 성경을 바라보았다. 그것들은 이제 도망치는 자의 유품이 아닌,

증인의 증표였다.

"그들의 목소리가, 그들의 피가, 내게서 말하게 될 거야. 나는 이 진실을 세상에 선포할 사자(使者)다. 이 어둠을 뚫고 나아갈 빛이 될 거야."

그의 선언은 더 이상 절규가 아니라, 한 인간이 자신의 사명을 발견하고 그 운명을 온몸으로 받아들이는 고백이었다.

"이 세상의 그 어떤 논리와 체계도 부수지 못하는 진실, 성경에 기록된 예언이 바로 이 현실임을 세상에 드러내야 할 사명을 가진 자야!"

영수는 자신의 고독하고 처절한 슬픔을 자신을 넘어서는 더 큰 사명으로 결심했다. 그는 이제까지 쌓아 온 자신의 모든 지성과 논리력 그리고 경험을 총동원하여 지금 그가 겪고 있는 이 모든 고난과 혼란이 성경에 예언된 그대로의 환란시대임을 수학 공식처럼 명확하고도 확실하게 믿게 되었다.

그가 겪은 이 처절한 고난과 상실은 오히려 하나님의 약속이 전혀 헛되지 않으며 반드시 이루어진다는 사실을 확인시켜 주는 가장 강력하고 부인할 수 없는 증거가 되어 주었다. 그는 이제 '이 세상에 속하지 않은 자들'이 모인 공동체, 즉 '깨어남' 공동체의 흔적을 찾아 나서기 시작했다. 그의 발걸음에는 더 이상 도망자의 비겁함이 아니라 십자가를 지고 가는 자의 숭고하고 무거운 책임감이 함께했다. 그는 더 이상 과거의 그 사람이 아니었다. 그는 이제 남겨진 자이자 진리를 증언하는 자로 다시 태어난 것이었다.

11장

지하 세계로의 진입

지하 교회의 낯선 평화

영수는 발아래 부서진 유리 조각과 쓰러진 간판을 조심스럽게 헤치며 구시가의 깊숙한 곳으로 들어섰다. 마치 시간이 멈춘 듯한 이 폐허 속에서, 그는 황폐해진 한 건물 앞에 섰다. 건물의 외벽은 검게 그을렸고, 창문은 눈먼 동공처럼 텅 비어 있었다. 주변의 모든 것이 잿더미로 변한 가운데, 이 건물만은 외로운 섬처럼 홀로 서 있어, 그 안에 무언가 간직된 비밀이 있을 것만 같았다.

공기는 무겁게 가라앉아 있었고, 먼지와 재의 냄새가 코를 찔렀다. 벽면에는 총격의 흔적이 선명했고, 바닥에는 버려진 생필품들과 함께 누군가의 삶의 흔적들이 흩어져 있었다. 이 모든 것이 한때 이곳에서 벌어진 비극을 생생하게 증언하고 있었다.

영수는 깊은 상처를 간직한 이 건물이 마치 자신을 기다리고 있었다는 느낌을 받았다. 이 적막한 폐허 속에서 그는 비로소 숨을 쉴 수 있을 것만 같았다.

건물 한쪽에는 쓰러진 채로 방치된 석재 절단기가 있었고, 녹슨 철제 카트는 바퀴 하나가 빠진 채로 흙더미 위에 뒤집혀 있었다. 공사용 모래 더미는 오랜 비와 바람에 의해 평평해졌고, 그 위에는 야생화들이 고개를 내밀고 있었다.

이 모든 것이 당시의 공사가 얼마나 갑작스럽게 중단되었는지를 말해주었다. 이제 이곳에는 망치 소리도, 석공들의 대화도 없었고, 오직 바람이 돌 틈을 스치는 슬픈 음률만이 적막을 깨고 있었다.

영수는 깊은 지하에 자리 잡은 한 낡은 교회에 도착했다. 교회 안은 오랜 세월의 침묵이 고스란히 스며들어 있었다. 우거진 숲속에 자리 잡은 오래된 건물이었기에, 안과 밖 모두 시간의 흐름에 천천히 굴복하고 있는 듯했다.

석조 천장에는 거미줄처럼 갈라진 균열이 곳곳에 패어 들어가, 마치 시간이 남긴 주름살 같았다. 그 틈새로 스민 빗물 자국이 어둠을 배경으로 마치 수채화의 먹물처럼 번져 있었고, 곳에 따라선 이끼가 파란 녹음을 드리우고 있었다.

벽면은 더욱 심했다. 한때 하얗게 칠해졌을 페인트는 습기에 의해 부풀어 오르고, 거품이 일듯 벗겨져 내려앉았다. 그 아래로는 오래된 석회벽이 드러나, 마치 상처 속 진피를 드러내는 듯했다.

햇빛이 처마 밑 틈새로 희미하게 스며들어, 공중에 떠다니는 먼지 입자들을 반짝이게 만들었다. 그 빛이 비스듬히 내리쬐자, 바닥에 흩어져 있는 나무 조각들과 유리 파편들이 고스란히 드러났다.

벽면에 걸린 나무 십자가는 한쪽이 부러진 채로 희미한 촛불에 비치고 있었고, 오래된 찬송가 책들은 습기로 인해 페이지가 모두 붙어 있는 상태로 벤치에 놓여 있었다.

공간 전체를 채우는 어둠 속에서는 고작 세 개의 촛불만이 가늘고도 간절한 빛을 내뿜으며 암흑과의 싸움을 계속하고 있었다. 공기 중에는 지하수에서 스며 나오는 습기와 오래된 목재에서 나는 곰팡내가 진하게 섞여 있었지만, 놀랍게도 지상 위를 뒤덮고 있는 그 광적인 공포와는 완전히 다른 낯설면서도 깊이 있는 평화가 공간 전체를 감싸고 있었다.

영수는 축축하고 차가운 석조 벽에 등을 기대어 며칠을 움직임 없이 보냈다. 그의 육체는 극한의 탈진과 탈수, 영양실조로 인해 거의 무너져 가는 상태였지만 그의 내면은 두 아버지의 극명하게 대비되는 최후를 뜨거운 쇠 송곳처럼 마음속에 파고들며 되새기는 과정을 통해, 오히려 강철처럼 단단하게 단련되고 있었다.

한쪽에는 아버지 강영철 교수가 있었다. 그는 이성과 과학이라는 이름으로 짐승의 표를 받아들였고, 그 결과 인간으로서의 정체성과 영혼의 빛을 잃은 채 비참한 절망 속에서 생을 마감했다.

다른 한쪽에는 장인 김길부 교수가 있었다. 그는 믿음과 신앙의 이름으로 그 칩을 단호히 거부했고 영광스러운 순교자의 길을 걸으며 자신의 신념을 지켜냈다.

이 두 아버지의 길은 단순한 개인의 선택을 넘어 영원한 생명을 얻는 자와 영원한 죽음에 빠지는 자를 가르는 결정적인 분기점 그 자체였다. 영수는 이제 더 이상 0.00001%의 의심이나 망설임도 용납하지 않았다.

다음 날 아침, '엘리야'라는 가명으로 불리는 60대 후반의 한 노인이 조용히 마치 공기를 가르지도 않는 그림자처럼 그가 머무는 곳을 찾아왔다. 노인의 얼굴에는 가혹한 세월과 고난의 흔적이 깊은 주름으로 새겨져 있었지만, 그의 눈빛은 마치 깊은 바다의 심연처럼 강인하고 고요하며 지혜로 가득 차 있었다.

"자네가 바로 강영수 교수인가? 자네에 관한 소식 모두 들었네. 자네의 어머니와 아내 그리고 아이들이 하늘로 끌어올려졌고… 그리고 자네의 장인 김길부 교수까지도 순교하셨다고. 자네는 이 대

환란의 시대가 낳은 가장 큰 고난을 영혼의 맨몸으로 홀로 견디고 있군. 자네의 눈에는 모든 것을 잃은 자만이 지닐 수 있는 특별한 표징이 서려 있어."

엘리야의 목소리는 낮았지만, 영혼의 가장 깊은 곳을 파고드는 진동과 무게감을 지니고 있었다.

엘리야는 그를 조용히 예배당의 더 깊은 내부 공간으로 안내했다. 그곳에는 수십 명의 사람들이 촛불의 희미하고 따뜻한 빛 아래 조용히 모여 있었다. 그들은 각기 다른 세대와 직업을 가졌지만, 같은 신념으로 하나가 된 '환란 성도들'이었다.

한쪽에는 오래된 공구 상자를 끼고 은퇴한 기술자가 있었고, 그의 손에는 통합생명칩의 회로도를 분석한 수제 노트가 들려 있었다. 옆에는 전직 공무원이 서 있었는데, 그가 가져온 GUA 내부 문서들은 체제의 부패를 고스란히 증명하고 있었다.

어두운 구석에서는 평범한 주부가 자녀를 품에 안고 조용히 기도하고 있었고, 그의 아이는 공포보다 평화로움을 먼저 배우고 있었다. 젊은 학생들은 해킹 기술로 정보를 전파하며, 디지털 공간에서 저항을 이어가고 있었다.

이들은 더 이상 사회적 지위나 과거의 신분으로 규정될 수 없는 자들이었다. 오직 한 가지, 짐승의 표를 거부한다는 공통된 결의로 뭉친, 진리를 증언하는 자들이었다.

그들의 얼굴에는 굶주림과 피로의 흔적이 선명했지만, 그 안에는 어떤 외부의 폭풍도 꺼뜨릴 수 없는 희미하지만 확고하게 빛나는 믿음의 확신이 자리 잡고 있었다.

"저는… 예전에 대학에서 경제학을 가르쳤던 교수였습니다. 밖의 세상에 모든 가치를 움직인다고 여겨지는 돈과 시장에 대해 가르쳤지만, 지금 이곳에서는 화폐도 시장도 없습니다. 그리고 저는… 여기서는 아무런 쓸모도 없는 그저 잉여 인간일 뿐입니다."

영수가 자신을 비하하듯 자조적으로 말했다. 그의 목소리에는 평생을 갈고닦은 학자로서의 정체성이 무너져 내린 데서 오는 깊은 상실감과 괴리가 고스란히 묻어 있었다.

엘리야는 그를 향해 인자하고도 온화한 미소를 지었다.

"그렇지 않네. 자네의 그 지식과 경험은 우리가 '희망'이라는 가장 소중한 유한 자원을 어떻게 하면 가장 효율적으로 분배하고 지켜낼 수 있을지 계산하는 데 아주 중요한 방정식이 될 수 있네. 하지만 그것보다 훨씬 더 중요한 것이 있지…."

그의 눈빛이 영수의 영혼 깊숙한 곳을 꿰뚫어 보는 듯했다.

"자네는 '남겨진 자'이면서도, '짐승의 표를 선택 한 자'인 혈육의 아버지가 비참한 죽음과, '순교한 자'인 장인의 영광스러운 최후를 동시에 목격한 살아있는 증인이야. 자네의 그 증언은 지금, 바로 이 순간, 배고픔과 추위에 떨며 흔들리고 있는 우리 모두의 영혼에 꽂아 넣을 수 있는 그 어떤 것보다도 강력한 방패이자 검이 될 것이네."

새로운 임무

엘리야는 영수를 조용한 구석으로 데려가 통신 업무를 담당하는 '요나'라는 젊은이를 소개하며 구체적인 임무를 내렸다. 그의 목소리는 낮았지만, 그 안에는 흔들림 없는 결의가 담겨 있었다.

"우리는 단순히 숨어 지내며 시간을 보내는 것이 아니야."

한 은퇴한 기술자가 작업대 위에 펼쳐진 통신 장비를 가리키며 말했다.

"전 세계에 GUA의 실체와 표를 받으면 안 된다는 내용을 암호화된 채널로 전파하고 있어. 우리는 이미 12개 국경을 넘는 비밀 통신망을 구축했지."

한쪽에서는 전직 공무원이 위조 문서를 작성하고 있었다.

"각지에서 핍박받는 사람들을 지원하는 네트워크를 운영 중이야. 안전한 이동 경로, 위조 신분증, 의료 지원까지."

한 주부가 식량 배급 기록을 정리하며 덧붙였다.

"매일 새로 도착하는 난민들을 위해 생필품을 조달하고 있어요. 작은 도움이라도 절대 절망하는 이들이 없게 하려고 합니다."

그들이 구축한 이 지하 네트워크는 각종 직업군의 전문성을 활용해 조직적으로 운영되고 있었다. 이들은 더 이상 피해자나 도망자가 아닌, 침묵을 깨는 증인이자 서로를 지키는 수호자들이었다.

그는 주변을 살피며 목소리를 더 낮추었다.

"GUA는 모든 현대적 통신망을 전자 지옥처럼 완전히 장악하고 있어요. 하지만 우리는 20년도 더 된 낡은 아마추어 무선 시스템을 복구할 계획이야. 바로 여기, 이 지하에서 말이지."

한 은퇴한 통신 기술자가 녹슨 아마추어 무선 장비를 살짝 두드리며 말했다.

"이 낡은 장비들이지만 GUA의 최첨단 감시 네트워크를 속일 수 있는 유일한 방법입니다."

그는 진공관 하나를 조심스럽게 닦아내며 설명을 이어갔다.

"현대적인 디지털 통신은 모두 그들의 감시하에 있소. 하지만, 이 아날로그 신호는…. 마치 바닷속에서 귀신고래의 노래를 찾는 것과 같소. 그들의 인공지능이 감지하기엔 너무 오래된 주파수라오."

구석에서는 한 전자공학 교수가 낡은 회로도를 펼쳐 보이며 보충했다.

"단거리 통신으로 지역 네트워크를 구성하고, 중계기를 통해 메시지를 릴레이 방식으로 전달할 계획입니다. 마치 옛날 레지스탕스가 그랬던 것처럼 말이지요."

이 프로젝트에는 다양한 세대의 전문가들이 참여하고 있었다. 나이 지긋한 해적방송 운영자는 주파수 조정을, 젊은 해커들은 암호화 시스템을 담당했다. 그들이 되살려내려는 것은 단순한 통신 장비가 아니라, 감시 체제가 도래하기 전 시대의 자유로운 소통 방식이었다.

"강 교수의 임무는 다른 지역의 은신자와 자원 및 정보 교류 시스템을 가장 합리적이고 분석적으로 구축하는 것이야."

엘리야는 강 교수를 낡은 교회 지하실 한쪽에 임시 사무실로 인도했다. 벽면에는 여러 지역의 지도가 펼쳐져 있었고, 각 은신처와 자원 저장소 위치가 색깔별 핀으로 표시되어 있었다.

"우리는 계층적 연결 시스템을 구축해야 하네."

그의 손가락이 지도 위를 가로질렀다.

"각 지역은 독립적으로 운영되지만, 비상시에는 수직적 연결이 가능해야 하네."

그는 데이터를 분석하며 설명을 이어갔다.

"생필품 이동 경로는 기상 패턴과 GUA 순찰 일정을 고려해 최적화하네. 정보 전달은 3중 암호화된 메시지 조각을 서로 다른 경로로 보낼 거야."

그날 밤, 영수는 온몸을 짓누르는 고독한 슬픔과 상실감을 딛고 일어섰다. 그는 더 이상 방관자가 아닌 이 작은 공동체의 정식 구성원이자 증언 전달자가 되기로 결심했다.

그는 이제 차가운 '이론가'에서 벗어나 영혼이 뜨거운 '행동하는 증인'으로 변모하고 있었다. 그의 발걸음에는 예전에 도망자의 두려움 대신 무거운 사명감의 짐이 새겨져 있었다.

영수는 경제학자답게 엘리야가 지시하는 자원 배분에도 과학적 접근법을 적용했다.

각 지역의 인구, 보유 자원, 필요 물품을 실시간으로 업데이트하는 인벤토리 시스템을 만들었다. 이렇게 하면 기아 지역과 잉여 지역 간 균형을 효율적으로 맞출 수 있었다.

그의 접근 방식은 감정에 호소하는 다른 저항군과는 달랐다.

"이 시스템의 장점은 한 지역이 발견되더라도 전체 네트워크가 무너지지 않도록 설계되었다는 점입니다. 우리는 생존을 위해 가장 합리적인 방법을 선택해야 합니다."

엘리야는 영수의 어깨를 토닥이며 말을 이었다.

"자네의 논리력과 분석 능력은 GUA의 복잡한 감시 패턴을 역추적하고 그들의 맹점을 찾아내는 데 결정적인 역할을 할 것이네."

며칠 후, 영수는 '을지로 심층 기지'에 도착했다. 전직 공학자 '이창수'의 안내를 받으며 이곳을 둘러본 그는 그 규모에 놀라지 않을 수 없었다. 이곳은 옛 지하철 역사를 5개 층 깊이까지 확장한 대규모 은신처였고, 400명이 넘는 환란 성도들이 개미집처럼 질서 정연하게 생활하고 있었다.

그러나 영수는 곧 심각한 정체성 혼란에 직면했다. 이곳에는 화폐라는 것이 존재하지 않았다. 모든 자원은 필요에 따라 공정하게 분배되었고 모든 노동은 자발적인 기여를 기반으로 이루어지고 있었다. 그의 머릿속을 가득 채우던 수요-공급 곡선이나 합리적 선택 이론은 모두 먼지 쌓인 과거의 학문처럼 무의미해 보였다.

영수는 이창수에게 경제학자의 시선으로 의문을 제기했다.

"창수 씨, 솔직히 말해서 이 시스템은 경제학적으로 볼 때 매우 비효율적으로 보입니다. 자원 분배에 '성과급' 같은 동기 부여 시스템이 전혀 없지 않습니까? 게으름뱅이는 어떻게 처리할 계획입니까? 그리고 외부 효과는 어떻게 통제하시려고요?"

이창수는 지하에서 직접 흙과 물을 섞어 바이오 퇴비를 만드는 중이었다. 그는 굵은 땀방울을 닦으며 온화한 미소를 지었다.

"교수님, 밖의 세상에서는 이윤이라는 성과급이 사람들로 하여금 서로를 잔혹하게 착취하게 하지요."

한 노년의 기술자가 부서진 장비를 수리하고 있었다. 그의 손가락에는 오랜 작업의 흔적이 선명했지만, 눈빛에는 명확한 목적의식이 빛나고 있었다.

"하지만 여기서는 '생존'과 '사랑'이라는 훨씬 강력한 동기 부여가 우리를 움직이게 합니다."

그가 지하실을 둘러보는 동안, 한 주부는 자기 식량을 나누어 옆에 앉아 있는 낯선 가족에게 건네고 있었다.

"저 아이를 보세요."

창수가 어린 소년을 가리켰다. 소년은 GUA의 감시 네트워크를 우회하는 통신 경로를 열심히 그리고 있었다.

"그는 더 큰 월급을 위해 이 일을 하는 게 아니에요. 자기 동생이 칩을 강제로 이식받는 것을 막기 위한 거지요. 이것이 바로 진정한 동기 부여입니다, 교수님. 우리는 서로를 지키기 위해 여기 있습니다. 이것은 거래가 아니라 공동체입니다."

그는 퇴비 더미를 정성스럽게 뒤섞으며 설명을 이었다.

"게으른 자도 결국 배고픔이라는 자연스러운 동기와 공동체에 대한 도덕적 의무감 때문에 결국은 자신의 역할을 다하게 되어 있어요. 우리가 발견한 것은 가장 효율적인 경제는 돈이 아니라 서로를 진심으로 돌보는 영혼의 경제라는 사실입니다."

지하 도시의 생명 유지 시스템

영수가 을지로 심층 기지 지하 공동체의 은신처에 발을 들인 삼일째 밤, 그는 숨이 턱턱 막히는 느낌을 받았다. 공기 중에 스민 습기와 곰팡냄새가 폐를 짓누르는 듯했고, 등 뒤에서 들려오는 단속적인 기침 소리는 이곳의 생존 환경이 생각보다 훨씬 열악하다는 사실을 고스란히 전하고 있었다.

영수는 주변을 둘러보았다. 공기 순환을 위해 설치된 임시 덕트들은 곳곳에서 누수 흔적을 드러내고 있었고, 한쪽 구석에서는 젊은이들이 부족한 산소 때문에 작업 효율이 뚝뚝 떨어지는 것을 볼 수 있었다.

영수는 공기 순환실에서 한 노인의 모습을 보며 가슴이 먹먹해졌다. 노인은 기술자도 아닌데, 고작 나무 상자에 불과한 필터 교체 장치 앞에 무릎을 꿇고 있었다.

"이게 무슨 일이에요?"

노인이 고개를 돌리며 땀을 닦았다.

"아, 교수님. 별거 아니에요. 그냥…. 이 필터가 너무 더러워서요."

"공기 문제가 심각합니다."

다른 쪽에서 목소리가 들려왔다. 한 주부가 벽면에 피어오른 검은 곰팡이를 가리켰다.

"아이들이 밤마다 숨을 제대로 쉬지 못해요. 어제는 노인 한 분이 숨이 가빠서 정신을 잃을 뻔했습니다."

영수는 필터를 들여다보고 경악했다. 본래 하얀색이어야 할 필터는 먼지와 곰팡이로 인해 거의 검게 변해 있었고, 숨구멍 역할을 해야 할 미세한 구멍들은 모두 막혀 있었다. 이 상태로는 공기를 정화하는 것이 아니라, 도리어 오염을 재분배하는 꼴이었다.

"이렇게 된 지는 꽤 됐습니다."

노인이 한숨을 쉬었다.

"그래도 아무도 안 하면 모두가 숨을 쉴 수 없으니…. 제가 맡게 된 거죠."

노인의 손가락은 이미 먼지로 범벅이 되어 있었다. 그는 아무런 보상도, 감사도 바라지 않고, 그저 공동체가 숨 쉴 수 있게 하려고

이 더러운 일을 자처하고 있었다.

영수는 이 단순한 필터 하나가 바로 이 공동체의 생존을 좌우하는 핵심 인프라임을 깨달았다. 그리고 그 일을 맡은 이가 전문 기술자가 아닌, 가장 연약한 노인이라는 사실이 그의 마음을 아프게 했다.

생수통 앞에서는 더욱 감동적인 장면이 펼쳐졌다. 하루에 한 사람당 한 잔의 정수된 물만 배급되는 극한의 상황에서도, 어머니들은 아이들의 컵에 자신의 몫을 나누어 따르고, 젊은이들은 노인들에게 자신의 몫을 양보했다.

"저는 덜 마셔도 괜찮아요."라는 한마디 뒤에는 '우리는 함께야!'라는 암묵적인 약속이 자리 잡고 있었다.

"교수님, 이쪽입니다."

한 노인이 랜턴을 들고 그를 안내했다. 지하 공간 깊숙이 자리한 정수 장치 앞에서 영수의 발걸음이 멈췄다. 노인은 녹이 슨 배관을 두드리며 설명을 이었다.

"이 물은 지하수를 퍼 올려서 간이 여과하는 건데, 요즘 들어서는 색깔이 좀…."

랜턴 빛에 비친 물은 뿌옇게 흐려져 있었다. 영수는 문득 며칠 전 한 어린아이가 복통을 호소하던 모습이 떠올랐다. 그것은 단순한 배탈이 아니라, 정수 시스템의 한계가 초래한 필연적인 결과였다.

그 순간 영수는 깨달았다. 이곳에서 가장 값진 자원은 식량도, 무기도 아닌 맑은 공기와 깨끗한 물이라는 사실을. 그리고 바로 그 생명의 근간이 지금 위태롭게 흔들리고 있다는 사실을.

하루에 한 사람당 한 잔의 정수된 물만 배급되고 있었지만 제대로 여과되지 않은 물이었다. 한 할머니가 자신의 약봉지를 들고 물 배급을 받아 가는 모습을 보며 영수는 가슴이 답답해졌다. 이것은 효율적 배분이 아니라 절망적 선택이었다.

영수가 천정을 바라보며 심호흡을 하자 안내자가 영수의 어깨를 토닥이며 말했다.

"공동체는 기술적 해법보다, 이 극한의 상황에서 자원을 어떻게 배분하고 생산성을 높일지에 대한 지혜를 더 필요로 합니다."

영수는 자신의 경제학 지식이 이 지하에서 새로운 의미로 다시 태어나고 있음을 느꼈다. 그의 임무는 한정된 여과재와 부품을 가지고 400명의 생명을 최대한 연명시키는 극한의 최적화 방정식을 푸는 것이었다. 매일 그는 공기 질 측정 데이터와 물 소비량 통계를 분석하며 생존 가능 기간을 시간 단위로 계산해야 했다.

이 과정에서 그는 한 줌의 쌀가룻값이 주식시장의 수조 원보다 더 소중한 가치를 지닐 수 있음을 몸소 체감했다. 그는 복잡한 확률 모델과 실내 공기가 오염된 상태에서 필터를 얼마 동안 더 사용할 수 있는지를 엔트로피 법칙을 적용한 끝에 3개월 후 필터 수명이 한계에 도달해 전염병이 폭발적으로 확산할 것이라는 충격적인 예측 결과를 도출해 냈다.

"창수 씨, 우리에게 남은 시간은 90일뿐입니다."

영수가 지하 작업장에서 창수를 찾아가 단호하게 보고했다.

"기존 필터를 재활용할 새로운 화학 처리 공정과 물리적 정화 시스템을 즉시 개발해야 합니다. 이제는 이론적 탐구를 넘어 실제 행동만이 우리의 생존을 결정할 것입니다."

이 말을 하던 영수의 모습에는 더 이상 대학 강의실의 이론가 모습이 없었다. 그는 이제 절박한 현실 속에서 해결책을 찾아야 하는 실용주의적 엔지니어로 변모하고 있었다.

그러던 어느 날, 지하 도시의 시간을 가르는 칼날 같은 적막이 내려앉았을 때였다. 공기가 무거워지기 시작했고 천장의 콘크리트에서 미세한 흙가루가 스멀스멀 흘러내렸다. 그것은 단순한 먼지가 아니라 지상에서 다가오는 위협의 전조였다.

지하 은신처의 공기가 순간적으로 얼어붙었다. 어둠 속에서 누군가의 숨소리가 목구멍에서 맴돌았다.

"그들이 왔다."

한 노인이 속삭임처럼 중얼거렸다. 그의 손에 들린 나침반의 바늘이 미세하게 떨리고 있었다. GUA 최정예 부대인 '미세 진동 감지팀'이 지상에서 그들의 존재를 감지한 것이다.

고감도 센서들이 땅속에서 전해지는 미세한 진동 패턴을 분석하고 있었다. 발소리 하나, 숨소리 하나, 지하수 한 방울 떨어지는 소리까지도 그들의 귀에 포착될 수 있었다.

젊은 해커가 노트북을 열고 암호화된 모니터링 화면을 확인했다.

"지상에서 30미터 떨어진 위치에서 나수의 열 신호가 감지되었습니다. 그들은 우리의 위치를 특정하기 위해 수색 반경을 좁히고 있어요."

모든 사람이 본능적으로 움직임을 멈췄다. 어머니는 아이의 입을 살짝 막았고, 노인들은 벽에 귀를 기울였다. 지상에서 내려오는 무거운 발걸음 소리가 마치 죽음의 카운트다운처럼 들려왔다.

그들의 첨단 장비 앞에서 이 지하 은신처는 마치 유리관 속에 갇힌 실험체처럼 무력해 보였다. 처음에는 지진처럼 느껴졌다. 땅이 숨을 죽인 채로 떨고 있었고 벽면을 따라 전해지는 진동은 점점 강해졌다. 천장에서는 콘크리트 가루가 살아있는 생명체처럼 흩날리기 시작했고 공기 중에 섞인 금속 냄새가 위험을 경고했다.

"코드 블랙."

창수의 목소리는 암호화된 통신망을 타고 순식간에 지하 도시 전체를 휩쓸었다. 그 짧은 두 마디가 공중에 떠오르자, 모든 등불이 동시에 꺼졌다. 환기 시스템의 익숙한 윙윙거림도 자취를 감췄다. 400명의 주민은 숨을 죽인 채 어둠 속에 스러졌다. 그 순간 지하 공간은 거대한 석관처럼 고요해졌고 오로지 각자의 가슴에서 뛰는 심장 소리만이 어둠 속에서 울려 퍼지는 듯했다.

어둠 속에서도 모든 감각은 예리하게 깨어났다. 지상에서 내려오는 발소리가 점점 선명해졌고 레이더 스캐너의 삐-- 하는 전자기 음이 지하 공간을 스쳤다. 누군가의 이마에 맺힌 땀방울이 바닥으로 떨어지는 소리마저도 폭탄처럼 울리는 듯했다.

영수는 벽에 몸을 기대어 어머니의 노트를 꺼냈다. 종이에는 이미 습기로 인해 글자가 번지기 시작했다. 지상에서 들려오는 GUA의 강철 드릴 소리와 암호 같은 무전 교신은 마치 저승사자의 발소리처럼 그의 고막을 때렸다.

'만약 이대로 발각된다면 김길부 장인님의 희생은 무의미해지는 것일까?'

공포의 손길이 그의 목을 조르는 듯했다.

그 순간, 그는 무의식적으로 성경 노트에 적혀 있던 요한계시록의 한 구절을 떠올렸다.

또 내가 보좌들을 보니 거기에 앉은 자들이 있어 심판하는 권세를 받았더라 또 내가 보니 예수를 증언함과 하나님의 말씀 때문에 목 베임을 당한 자들의 영혼들과 또 짐승과 그의 우상에게 경배하지 아니하고 그들의 이마와 손에 그의 표를 받지 아니한 자들이 살아서 그리스도와 더불어 천 년 동안 왕 노릇 하니(계 20:4).

영수는 깨달았다. 지금의 이 고통과 시련은 영원한 왕국에 이르기 위한 '순간적'인 시험에 불과하다는 것을.

기적적으로, GUA의 탐사대는 은신처의 정확한 위치를 찾지 못하고 수수께끼 같은 침묵 속에서 철수했다.

이 위기가 지나간 지 며칠 후, 지하 을지로 심층 기지에 첫 번째 기침 소리가 울려 퍼졌다. 한 노인이 공동 주방에서 물을 마시다가 내뱉은 짧은 기침이었다. 아무도 그 소리가 재앙의 서곡이 될 것이라고 예상하지 못했다.

"할아버지, 괜찮으세요?"

한 젊은 여성이 다가왔지만, 노인은 자리에서 일어나 자신의 칸막이 방으로 향했다.

"별일 아니란다, 별일 아니야."

그러나 다음 날 아침, 노인의 방 앞에 놓인 아침 식사는 그대로 방치되어 있었다. 문밖으로 들려오는 거친 숨소리와 끊임없는 기침 소리는 상태가 심각함을 말해주었다.

"열이 39도까지 올랐어."

유일한 의사인 박 선생이 고개를 저었다. 그의 주위에는 이미 열 명이 넘는 환자들이 드러누워 있었다.

"전염력이 매우 강해. 증상도 빠르게 악화하고 있어."

공기 순환구를 통해 전염된 병원체는 불과 48시간 만에 지하 도시 전역으로 퍼져 나갔다. 면역력이 약한 노인과 아이들이 가장 먼저 쓰러졌다. 어린 딸을 품에 안은 한 어머니의 울음소리가 지하도를 메아리쳤다.

"의약품이 바닥났습니다."

한 자원봉사자가 비어 있는 약상자를 들고 왔다.

"남은 것은 소독용 알코올과 거즈뿐이에요."

"내 몫을 아이에게 주세요."

한 노인이 자신의 약을 내밀었다. 그의 얼굴은 열로 인해 붉게 달아올라 있었지만, 눈빛은 여전히 맑았다.

"나는 충분히 살았어. 이 아이는 앞으로 갈 길이 머니."

젊은이들은 교대로 환자들을 돌보았다. 그들 중 상당수도 이미 초기 증상을 보이고 있었지만, 누구도 자신의 몸을 돌보는 데 시간을 쓰지 않았다. 한 소년이 자신의 젖은 수건을 노인의 이마에 올려놓는 손길은 전문 의사 못지않게 부드러웠다.

"우리는 지금 가장 어두운 터널을 지나고 있습니다."

공동체의 장로인 한 노인이 모두를 모았다. 그의 목소리는 약했지만, 확고부동했다.

"우리는 함께입니다. 우리 중 누구도 혼자가 아닙니다."

깊은 지하, 전염병의 공포 속에서도 사람들은 서로를 위해 자리를 양보했고, 마지막 물 한 모금을 나누었다. 그것은 생존을 위한 투쟁이 아니라, 인간으로서의 존엄을 지키기 위한 연대였다.

한 소녀가 자신의 병상을 떠나지 않는 어머니에게 속삭였다.

"엄마, 무서워요."

"괜찮아. 우리는 함께니까."

어린아이를 잃은 어머니의 절규가 지하 동굴에 메아리쳤다.

치료를 포기하고 젊은이들을 위해 자신의 약을 건네는 노인들의 모습이 눈물을 자아냈다.

공포와 절망 속에서도 서로를 위로하는 이들의 모습은 인간성의 마지막 불빛처럼 느껴졌다.

장로가 촛불 아래 모인 사람들을 향해 엄숙하게 말을 이었다.

"우리 아이들이, 우리 부모들이 죽어가고 있습니다. 항생제가 없으면 다음 주가 오기 전에 반 이상이…."

그의 목소리가 잠시 가라앉았다.

공동체의 숨결이 붙어 있는 지하 공간에 침묵이 스민다.

"지상으로 올라가 약을 구해야 합니다."

그 순간, 한 사람이 조용히 자리에서 일어섰다. 영수였다. 그의 눈빛에는 흔들림이 없었다.

"제가 가겠습니다."

모든 시선이 그에게로 집중되었다. 장로가 경고했다.

"영수 씨, 이것은 자살 행위나 다름없소. GUA의 경계망을 뚫고, 폐허가 된 약국을 찾아야 하오."

"알고 있습니다."

영수의 대답은 간결했지만, 무게가 있었다.

"하지만 저 자신을 지키고 우리 공동체를 지키기 위해서라면…."

그의 손에 든 가방에는 지상에서 생존하기 위한 최소한의 장비만 담겨 있었다. 하지만 그의 마음에는 수백 명의 생명을 구하겠다는 결의가 가득 차 있었다.

"저를 믿어주십시오. 반드시 돌아오겠습니다."

영수가 비상 회의에서 단호하게 선언했다.

"제가 GUA의 순찰 패턴을 가장 정확하게 분석했고 약품 저장고의 보안 취약점도 파악했습니다. 이 지식을 이제 실제로 활용해야 할 때입니다."

한 청년이 앞으로 나섰다.

"제가 가겠습니다. 제 동생이…. 저희 어머니가 누워계십니다."

한 여성 의료 봉사자가 덧붙였다.

"주로 필요한 것은 아목시실린과 페니실린입니다. 가능하면 해열제와 소독제도 함께요."

장로는 고개를 끄덕이며 말했다.

"우리는 지금 바늘구멍을 통과해야 합니다. 하지만 우리 아이들과 어른들을 지켜내야 합니다."

그는 주위를 둘러보며 말을 이었다.

"누군가는 희생을 각오해야 합니다. 우리의 생존을 위해."

한 노인이 조용히 일어섰다.

"제가 길을 안내하겠습니다. 이 지하도 공사장에서 일했습니다. 도시의 지하도를 모두 알고 있습니다."

그날 밤, 영수는 정예 대원 몇 명과 함께 칠흑 같은 어둠 속으로 향했다. 그의 발걸음에는 더 이상 도망치던 시절의 공포가 서려 있지 않았다. 그는 이제 공동체를 위해 싸우는 전사였고 그에게는 헌신이라는 갑옷이 둘려 있었다.

이틀 간의 위험한 임무 끝에 영수는 GUA의 감시망을 교묘히 피해 필수 의약품을 성공적으로 조달해 돌아왔다. 그의 귀환은 지하 도시에 물리적인 생명을 연장해 줄 뿐만 아니라 이 암흑 같은 시대에도 희망을 포기하지 말아야 한다는 영적 각성까지 선사했다.

지속되는 추적과 고립

영수는 공동체의 자원배분, 공기정화시스템 관리자 및 핵심 정보 분석관의 임무를 수행하며 쉴 새 없이 움직였다. 그는 GUA의 촘촘한 감시망을 피해 다른 은신처 사람들과 정보를 주고받았고 각 은신처 간의 자원 배분 계획을 냉철한 이성으로 세심하게 조정했다. GUA가 모든 통신망과 교통망을 인공지능이라는 강력한 족쇄로 장악한 이상, 영수의 임무는 순간마다 '마지막'일 수 있다는 긴장감 속에서 진행되었다.

매일 밤, 깊은 어둠이 지하 은신처를 뒤덮을 때면 영수는 눈을 감았다. 그 순간마다 마치 영상처럼 선명하게 아내 소영의 미소와 아이들의 웃음소리가 떠올랐다. 그 따뜻한 기억들은 오히려 그의 가슴에 지울 수 없는 죄책감이라는 칼날을 더 깊이 꽂았다.

'만약 그때…. 내가 더 빨리 깨달았더라면….'

그의 턱이 조여들었다. 장인 김길부 교수의 마지막 모습이 스쳤

다. 그분이 자신을 대신해 희생하는 모습, 고결한 각오. 그 순간의
약속이 영수의 심장에 새겨져 있었다.

'이 목숨은 이제 내 것이 아닙니다.'

그는 주먹을 꽉 쥐었다. 손바닥에 땀이 스며들었지만, 그의 결
의는 더욱 단단해졌다. 장인의 죽음이 헛되지 않도록, 그가 걸어갈
수 없는 길을 대신 걸어가야 했다. 진실의 불꽃을 전하기 위해, 그
는 무조건 살아남아야 한다는 것을 그는 잘 알고 있었다. 이 외로운
사명감이 고통이면서도 동시에 그를 지탱하는 유일한 버팀목이었
다.

공동체는 '깨어남' 네트워크의 주요 연락원인 '현석'을 통해 새
로운 물품 수송 경로를 확보하려 노력했다. 그러나 이상하게도 그
들이 접선을 시도했던 두 차례의 임시 거점이 모두 GUA의 매복 작
전에 걸려들었고 수많은 공동체 동료가 속수무책으로 체포되는 사
태가 연이어 발생했다.

영수는 마음 한구석에서 현석에 대한 의심이 스멀스멀 피어오
르는 것을 느꼈다. 몇 차례의 미세한 행동과 의미심장한 말투에서
뭔가 숨겨진 것이 있지 않을까 하는 불안감이었다.

하지만 그는 현석이 아내와 아이를 GUA의 강제 연행으로 잃은

동병상련의 아픔을 가진 자라는 사실을 떠올렸다. 그날 밤, 현석이 자신의 가족사진을 보며 흘린 눈물은 결코 거짓일 수 없었다.

'아내와 아이를 잃은 그 고통을 누가 연기할 수 있겠어….'

영수는 자신을 타일렀다. 이 절망적인 상황에서 서로를 의심하는 것은 공동체의 붕괴를 부를 뿐이었다. 그는 마음속에서 피어오르는 불안한 감정을 꿈꿈이 눌러내야 했다. 지금 그들에게 필요한 것은 신뢰와 연대였지, 내부의 분열이 아니었다. 그러나 알 수 없는 불안감은 여전히 그의 가슴 한구석에 자리 잡고 있었다.

영수가 세 번째 접선 장소인 버려진 지하 터널에 발을 들인 순간, 공기가 순간적으로 얼어붙었다. 축축한 공기 중에 갑자기 교회 소리가 메아리쳤고, 어둠 속에서 10여 개의 적외선 조준선이 동시에 그의 가슴과 이마를 향해 쏟아졌다.

"움직이지 마!"

GUA 군인들의 검은 전투복은 습기 찬 터널 벽면과 완벽하게 조화되어 있었다. 그들은 마치 유령처럼 영수의 퇴로를 완전히 차단했다. 선두 분대장의 차가운 외침이 콘크리트 벽을 튀며 울렸다.

"손을 머리 위로 올려! 무릎 꿇어!"

영수의 심장이 빨라졌다. 그의 시야 가장자리에서 군인 한 명이 휴대한 소형 감시 드론이 부드럽게 공중에 떠오르는 것이 보였다. 그것의 레이더 스캔 빛이 그의 몸을 훑으며 위치를 고정했다. 이 포위망은 우연이 아닌, 완벽하게 계획된 함정이었다. 군인들 뒤에서 탐조등의 강렬한 빛에 비친 현석의 얼굴이 흐릿하게 보였다. 그의 얼굴은 죄책감과 공포로 일그러져 있었고, 그는 차마 영수를 똑바로 바라보지 못하고 고개를 돌렸다. 그의 손등에서는 짐승의 표인 칩이 내뿜는 푸른빛이 희미하지만 확실하게 빛나고 있었다.

'배신당했구나.'

영수는 마치 심장이 칼에 찔리는 듯한 고통을 느꼈다.

바로 그때, 현석이 영수의 마음을 읽기라도 하듯 찢어지는 비명처럼 외쳤다.

갑자기 터져 나온 그 절규와 함께 현석의 몸이 경련처럼 뒤틀리기 시작했다. 그의 눈동자에는 두 개의 상반된 힘이 교차하고 있었다. 한쪽은 고통스러운 자책에 차 있었고, 다른 쪽은 기계적인 냉정함이 스멀스멀 퍼져나가고 있었다.

"도망쳐, 영수! 나는… 이미 칩을 받았어!"

그의 목소리는 마치 두 사람이 동시에 말하는 것처럼 이중으로 들렸다. 한쪽은 간절했고, 다른 쪽은 기계적이었다.

"이 손이…. 이 몸이…. 내 의지가 아니야!"

그는 자기 오른팔을 붙잡고 필사적으로 저항했다.

"빨리 도망쳐! 이곳은 함정이야. 내가…. 내가 너를 팔았어!"

그 순간, 그의 눈빛이 순간적으로 멍해졌다가 다시 고통으로 가득 찼다.

"제발…. 나를 절대로 용서하지마…. 영수야…."

이 말을 끝내자마자, 그의 몸이 경직되기 시작했고 눈동자에 있던 인간적인 빛이 빠르게 사라졌다.

그의 외침은 마지막으로 남은 인간성의 처절한 발버둥이었다. 현석의 비명과 함께 '탕!' 하는 총성이 울려 퍼졌고 영수는 현석의 마지막 절규를 뒤로 한 채 필사적으로 탈출했다.

이 배신은 육체의 상처보다 영혼을 살가리 찢어놓는 비수가 되어 영수를 괴롭혔다. 영수는 다윗이 시편에서 토로했던 그 고통 '내가 신뢰하여 내 떡을 나눠 먹던 나의 가까운 친구도 나를 대적하여 그의 발꿈치를 들었나이다(시편 41:9)'의 쓰라림을 피눈물과 함께 온몸으로 체감했다.

배신의 상처와 깊은 상실감에 휩싸인 영수는 도심 외곽의 한 폐공장에 숨었다. 그때, 밖에서 들려오는 소리는 그가 들어본 어떤 폭력적인 소리보다도 더욱 소름 끼치는 것이었다. 그것은 완전한 침묵이었다.

비명도, 총성도, 심지어 GUA 차량의 굉음조차 사라진 세상의 모든 소리를 빨아들인 듯한 절대적인 무음의 공간 그 침묵 속에서 길을 걷던 사람들이 존재의 끈이 끊어진 마네킹처럼 털썩, 털썩 마른 땅바닥에 쓰러지는 둔탁한 소리만이 간헐적으로 들려왔다. 영수는 숨을 쉬는 것조차 죄악처럼 느껴졌다.

영수가 폐공장 벽의 틈새를 통해 밖을 내다보았을 때, 그의 온몸은 고드름처럼 꽁꽁 얼어붙었다. 쓰러진 사람들의 피부는 급속도로 생기를 잃더니, 마치 오래된 대리석처럼 청백색으로 차갑게 굳어가고 있었다. GUA 군인들조차 이 상황을 속수무책으로 지켜볼 뿐이었다. 그들은 구토하거나 발작을 일으키지도 않았다. 그저, 멈춰 섰다. 생명이 일순간에 빛처럼 사라지는 듯했다. 사망의 기운이 도시 전체를 차가운 물결처럼 휩쓸고 있었다.

영수는 떨리는 손으로 어머니의 노트를 꺼내 들었다. 그는 요한계시록 6장 7~8절을 펼쳤다.

네째 인을 떼실 때에 내가 네째 생물의 음성을 들으니 가로되 오라 하기로

내가 보매 청황색 말이 나오는데 그 탄 자의 이름은 사망이니 음부가 그 뒤를 따르더라 저희가 땅 사분 일의 권세를 얻어 검과

흉년과 사망과 땅의 짐승으로써 죽이더라.

 '사망'이라는 이름의 기수가 실제로 도시를 차갑고 잔인하게 휩쓸고 있었다. 이것은 전쟁도 지진도 아닌 하나님의 직접적인 심판이었다. 길거리는 순식간에 시체로 가득 찬 사망의 골짜기가 되었다. 영수는 자신이 목격하는 이 광경이 바로 성경의 예언이 가장 과학적이고 정확한 사실로 구현되고 있음을 부정할 수 없었다.
 이 끔찍한 재앙 속에서 영수는 흙먼지 가득한 바닥에 무릎을 꿇었다.
 영수의 부서진 콘크리트 위에 무릎 꿇은 채, 그의 눈물은 땅에 떨어져서 금방이라도 스며들 것 같은 먼지 위에 동그란 사국을 남겼다.
 "하나님, 저는 어떻게 하여야 합니까?"
 그의 목소리는 탄식처럼, 깊은 절망에서 나오는 숨 가쁜 질문이었다.
 "어머니와 저의 아내, 아이들, 그리고 장인은 모두 영광의 면류관을 받았는데…. 저는 왜 이 사망의 골짜기에 홀로 남겨졌습니까? 왜 제게만 이 고통이 주어졌나이까?"
 공허함이 그를 집어삼키려 했다. 사랑하는 이들은 모두 휴거의 위로와 영광을 얻었는데, 오직 그만이 이 황폐한 세계에 남아 고통받는 운명을 견뎌야 한다는 것이 참을 수 없는 고통으로 다가왔다.

그러나 그의 기도는 점점 변해 갔다. 절망에서 간구로, 자신의 운명에 대한 의문에서 용기에 대한 염원으로 바뀌었다.

"장인처럼…. 저에게도 순교의 용기를 주십시오. 두려움 없이 진리를 증언할 수 있는 담대함을, 제 삶을 마지막 순간까지 믿음의 증인으로 드릴 수 있는 힘을 주소서."

기도를 마친 그는 고개를 들었다. 비록 눈가에는 여전히 눈물이 맺혀 있었지만, 그의 눈빛에는 이제 막 태어나려는 결의의 불꽃이 스멀스멀 피어오르고 있었다. 그는 더 이상 '왜'라는 질문을 하지 않았다. 대신 '어떻게' 그 뜻을 이루어갈 것인지 묻기 시작했다.

그는 어머니의 노트 가장자리에 조용히 덧붙여진 필사본 한 장을 발견했다. 그것은 시편 23편이었다.

여호와는 나의 목자시니 내게 부족함이 없으리로다… 내가 사망의 음침한 골짜기로 다닐지라도 해를 두려워하지 않을 것은 주께서 나와 함께 하심이라 주의 지팡이와 막대기가 나를 안위하시나이다.

영수는 비로소 깨달았다. 자신이 홀로 버려진 것이 아니라 하나님께서 그를 증인으로서 특별히 남겨두신 것임을. 그의 고독한 고난과 시련은 그리스도의 고난에 동참하는 영광스러운 연단이었다.

영수는 황폐해진 폐공장을 지나치다가 햇빛에 반짝이는 유리창에 뭔가 새겨진 것을 발견했다. 가까이 다가가자, 그것은 낯선 누군가가 흉터처럼 긁어놓은 메시지였다.

'시편 23.'

그 옆에는 더욱 수수께끼 같은 문구가 적혀 있었다.

'다음 만남 장소, 광야'

이 단순한 낙서는 영수에게는 단순한 낙서가 아니었다. 그것은 마치 암호를 해제하는 열쇠와도 같았다. '시편 23편'은 성경의 한 구절로, "여호와는 나의 목자시니 내가 부족함이 없으리로다"로 시작하는 가장 어두운 골짜기 속에서도 하나님의 인도하심과 보호하심을 믿는 위로의 말씀이다. '광야'는 황폐하고 버려진 장소이지만, 동시에 하나님께서 그의 백성을 만나고 인도하신 장소를 상징했다.

이 메시지는 그에게 하나의 확신을 해주었다. '나는 혼자가 아니다.' 이 거대하고 압도적인 적에 맞서 홀로 남겨졌다고 생각했지만, 그렇지 않다. 그와 같은 믿음을 지니고 같은 희망을 품은 '남겨진 증인'들이 여전히 존재하며 서로를 찾아 연결되고 있었다는 것이다. 이 낙서는 그들의 은밀한 네트워크가 존재한다는 생생한 증거였다.

그 순간, 영수의 가슴 속에 웅크리고 있던 두려움과 절망이 씻겨 내려가는 것을 느꼈다. 그의 어깨를 짓누르던 무게가 사라지고 대신 그동안 잊고 있었던 힘이 샘솟기 시작했다. 그는 더는 숨어 지낼 수 없었다. 이제 그가 걸어가야 할 길은 분명했다. 그것은 GUA 펼치는 공포의 길이 아닌 하나님의 말씀이 인도하는 길이었다. 그 길은 비록 위험하고 험난하겠지만, 그 누구도 그를 그 사랑에서 끊을 수 없다는 것을 이제 그는 알았다.

영수는 허리를 곧게 펴고 고개를 들었다. 그의 눈동자에는 오랜만에 굳은 결의가 반짝이고 있었다. 그는 두려움 없이 그 광야를 향해 그다음 만남을 향해 한 걸음을 내디뎠다.

12장

말씀의 능력

지하 감옥의 공포와 극한의 심문

얼마 지나지 않아, 영수는 GUA의 추적대에 의해 결국 체포당하는 운명을 맞이했다. 그는 통합생명칩 연구소 지하에 있는 감옥, 바로 현석이 그를 배신했던 그 비극적인 장소에 갇히고 말았다.

차가운 쇠사슬과 벽면에 스며든 습기 그리고 고문으로 인한 타는 듯한 피 냄새가 뒤섞인 이 공간은 인간의 존엄성이 유린당하는 지옥과도 같았다.

48시간 동안 계속된 극한의 심문과 잔인한 고문은 그의 육신을 파괴 직전까지 몰아붙였다. 차가운 콘크리트 방 안에서는 오로지 쇠사슬이 부딪치는 소리와 고문 도구들이 움직이는 금속음만이 메아리쳤다.

"말해라, 저항군의 은신처는 어디에 있느냐?"
고문관의 목소리는 냉랭하게 맴돌았지만, 영수는 이미 대답할

힘조차 남아 있지 않았다. 그의 온몸에는 전기 채찍의 검은 자국이 꿰뚫고, 왼쪽 어깨는 탈골된 채로 축 늘어져 있었다. 피와 땀이 섞인 액체가 그의 눈을 흐려도, 그는 여전히 입을 열지 않았다.

고문은 단순히 신체적 한계를 넘어 그의 정신까지 파괴하려 했다. 수면 박탈과 극한의 통증으로 인해 그는 몇 차례나 의식을 잃었다가 다시 깨어났다. 매번 정신을 차릴 때마다, 그는 스스로에게 중얼거렸다.

'버텨내라…. 반드시….'

그의 손가락이 바닥에 닿자, 그는 본능적으로 무언가를 새기기 시작했다. 그것은 유언이나 다름없는 각인이었다. 장인이 그에게 남긴 마지막 말, 그리고 어머니가 평생 가슴에 품었던 그 이름을. GUA의 심문관들은 그의 뛰어난 경제학적 지식을 이용해 지하 공동체의 네트워크를 파악하고 와해시키려 했으며 그의 고통을 이용해 통합생명칩을 받아들이도록 끈질기게 유혹했다.

"강영수 교수! 당신의 탁월한 지성과 분석 능력은 새로운 인류 문명에 절실히 필요합니다! 고작 당신이 믿는 미신 때문에 이런 고통을 자초하는 것은 가장 비합리적이고 어리석은 선택입니다!"

한 심문관이 영수의 피로 얼룩진 머리를 잡고 일그러진 목소리로 외쳤다.

극심한 고통 속에서도 영수는 어머니의 낡은 노트에 적힌 말씀을 떠올렸다.

"끝까지 견디는 자는 구원을 얻으리라."

그의 모든 논리와 이성이 완전히 붕괴한 이 순간, 오직 이 단순하고도 강력한 진리만이 무너져 가는 그의 정신을 지탱해 주고 있었다. 그는 고통의 한가운데에서 자기 지난날의 오만을 회개하며 참된 믿음의 기초 위에 다시 서려 애쓰고 있었다.

감옥의 고통이 정점에 달했을 때 새로운 수감자가 그곳에 들어왔다. '윤재득'이라는 이름의 백발이 성성한 노인이었다. 그는 이미 수많은 고문을 겪었음에도 그의 얼굴에는 초자연적인 평화와 빛나는 소망이 가득했다. 윤재득은 영수에게 요한계시록 6장 9절부터 11절까지, 다섯째 봉인의 환상에 관해 설명해 주었다.

다섯째 인을 떼실 때에 내가 보니 하나님의 말씀과 그들이 가진 증거로 말미암아 죽임을 당한 영혼들이 제단 아래에 있어

큰 소리로 불러 이르되 거룩하고 참되신 대주재여 땅에 거하는 자들을 심판하여 우리 피를 갚아 주지 아니하시기를 어느 때까지 하시려 하나이까 하니

각각 그들에게 흰 두루마기를 주시며 이르시되 아직 잠시 동안

쉬되 그들의 동무 종들과 형제들도 자기처럼 죽임을 당하여 그 수가 차기까지 하라 하시더라

윤재득은 조용하지만, 확고한 목소리로 말을 이었다.

"젊은이, 우리가 지금 당하는 이 모든 고통과 핍박은 바로 순교자들의 수가 차게 되는, 영광스러운 과정일세. 우리가 흘리는 피는 전혀 헛되지 않아. 하나님께서 반드시 공의로 심판하여 갚아 주실 걸세. 자네는 이 순교의 증언을 반드시 세상에 전해야 하네. 이것이 바로 자네에게 주어진 사명일세."

다음 날 아침, 차가운 철문이 열리는 소리가 지하 감옥에 메아리쳤다. 윤재득은 다른 두 명의 신자와 함께 수갑이 채워진 채 처형장으로 끌려 나갔다. 그의 왼팔은 부자연스럽게 휘어져 있었지만, 걸음걸이는 놀랍도록 당당했다.

영수는 차가운 쇠창살 사이로 그 참혹한 광경을 지켜보아야 했다. 창살을 움켜쥔 그의 손가락 마디가 하얗게 질렸다.

윤재득은 처형대에 오르기 직전, 영수의 시선을 마주쳤다. 그의 입가에 미묘한 미소가 스쳤다. 그것은 두려움이 아닌, 영원한 자유에 도달한 평화의 표정이었다. 그의 마지막 속삭임이 바람을 타고

들려왔다.

"다음에 만날 때까지…."

총소리가 삼중으로 울려 퍼졌다. 영수의 몸이 경련처럼 떨렸다. 그는 빠르게 눈을 감았다. 그들을 기억하기 위해, 그들은 두려움 대신 벅찬 기쁨과 환희를 안고 걸어 나갔다. 그들의 순교는 영수에게 영원한 소망이 단순한 개념이 아니라 현실임을 증명하는 가장 확실한 수학적 증명이 되었다.

영수는 감옥에서 육신이 쇠약해질수록 오히려 영혼의 강건함을 얻어가는 자신을 발견했다. 그는 어머니가 노트에 남긴 성경의 숨겨진 의미를 탐구했다.

쇠사슬에 묶인 그의 손가락이 차가운 바닥을 더듬었다. 그는 눈을 감고 어머니의 노트에 적혀 있던 한 줄 한 줄 떠올렸다. 그동안은 단순한 위로로만 여겼던 말씀들이, 이 극한의 상황에서 새로운 의미로 다가왔다.

내 은혜가 네게 족하도다

이 말씀이 머릿속에 맴도는 순간, 그는 깨달았다. 이 고통 자체가 하나님의 은혜일 수 있다는 것을. 육신의 파괴는 영혼의 각성을 위한 과정이었다.

나의 능력이 약한 데서 온전하여짐이라

그는 자신의 부서진 육체를 바라보았다. 정말로, 그의 영혼은 이 약함 속에서 오히려 더 단단해지고 있었다. 어머니가 강조해 둔 그 구절들은 이 감옥을 위한 예언이었던 것일까.

매일 새로운 깨달음을 얻을 때마다, 그의 마음속에 평화가 자리 잡았다. 이제 그는 알았다. 이 감옥은 그를 가두는 곳이 아니라, 가장 깊은 진리를 만나는 성소였다.

'고통은 하나님의 징계이기도 하지만, 동시에 그분이 우리를 훈계하시는 가장 깊은 사랑의 표현이기도 하다.'

영수는 비로소 자신의 오만과 이성주의를 완전히 회개하고 참된 믿음으로 거듭날 수 있었다.

며칠 후, 예기치 않은 전환점이 찾아왔다. GUA 내부의 한 양심적인 과학자가 그들의 만행에 회의를 느껴 영수에 대한 정보를 유출했고 이에 따라 GUA는 국제적인 비난을 막기 위해 그를 기적적으로 조용히 석방할 수밖에 없었다.

　석방된 지 몇 시간 후, 영수는 폐허가 된 교회 지하에서 깨어났다. 그의 몸은 여전히 고문의 상처로 욱신거렸지만, 눈빛에는 오랜만에 빛이 돌아와 있었다.

　"네가 여기 있었구나."

　낮은 목소리가 어둠 속에서 들려왔다. 한 노인이 등불을 들고 다가왔다.

　"우리는 네가 살아있는 줄 몰랐다. GUA는 네가 '심장마비로 사망'했다고 발표했었다."

　영수는 고통스럽게 몸을 일으켰다.

　"그들은 나를 석방해야 했어요…. 국제적인 눈치를 보느라."

　노인이 고개를 끄덕였다.

　"내부고발자가 고문 사진과 의료 기록을 유출했어요."

　"하지만 조심해라, 그들은 결코 널 그냥 보내지 않을 거야. 네가 돌아온 것은 기적이야."

　"아니에요."

　영수가 작은 미소를 지었다.

　"이것은 기적이 아니라, 새로운 전투의 시작입니다."

영수는 부서진 십자가를 바라보았다. 그것은 마치 어머니가 말씀하시던, 우리의 죄를 위해 예수님이 지셨던 그 십자가처럼 보였다.

"어머니…. 이제 이해가 됩니다."

그의 목소리는 떨리고 있었다.

'예수님께서는 단순한 고통을 겪으신 것이 아니었다. 그는 우리 죄를 위해 이렇게 부서지고, 버려지고, 세상이 외면하는 고통을 겪으신 것이었다.'

그의 손가락이 십자가의 거친 표면을 더듬었다.

'그런데도…. 그 십자가는 여전히 서 있었다. 부서졌지만, 여전히 그 의미는 살아있었다.'

영수는 자신의 몸을 돌아보았다. 고문의 상처, 굶주림으로 인한 쇠약함 그리고 배신의 아픔은 이상하게도 이 모든 것이 이제는 다르게 느껴졌다.

"이것이 은혜입니까, 주님? 우리의 상처가 당신의 상처와 하나가 되는 것…."

그는 무릎을 꿇었다. 더 이상의 기도는 필요하지 않았다. 부서진 십자가와 부서진 자기 모습 사이에서 그는 마침내 하나님의 사랑이 가장 깊은 절망 속에서도 살아있음을 깨달았다.

    감옥에서 돌아온 영수의 모습은 더 이상 예전의 엘리트 경제학자 강영수가 아니었다. 그의 눈에는 냉정한 이성의 날카로움 대신 깊은 고난의 체험에서 우러나오는 성숙한 지혜와 평화가 찬란하게 빛나고 있었다.

    그는 이제 하나님 말씀의 능력으로 연단된 참된 증인이었다. 그는 곧바로 지하 공동체로 돌아왔고 그의 간증은 꺼져가던 촛불 같은 공동체의 영혼에 성령의 강력한 불을 지펴 올렸다.

환란시대의 끝자락

7년 환란시대의 마지막 날들, 영수는 '깨어남' 공동체의 도움으로 산속 깊은 동굴에 은신한 채 고통스러운 시간을 버텨내고 있었다. 그 긴 세월 동안 그는 짐승의 표를 단호히 거부했고, 오직 믿음 하나만으로 모든 시련을 견뎌냈다.

세상의 모든 것을 다 잃었다. 무엇보다 중요한 가족, 집, 사회적 지위, 편안한 삶을 잃었지만, 그는 영혼의 가장 소중한 보석인 믿음만은 지켜냈다. 동굴 벽에 스민 차가운 습기와 굶주림의 고통 속에서도, 그의 믿음은 오히려 더욱 순수하게 빛나고 있었다.

매일 새벽, 그는 동굴 입구로 스며드는 희미한 빛을 맞이하며 기도했다.

"주님, 제 믿음이 주님 앞에 설 수 있게 하소서."

그의 손에는 어머니가 남긴 낡은 성경책과 장인의 피로 얼룩진 유서가 여전히 함께하고 있었다. 그의 곁에는 김길부 교수의 낡고 거친 가죽 지갑과 핏자국이 희미하게 배인 어머니의 성경 노트가 마지막 위안처럼 놓여 있었다.

"주님, 이제 때가 된 것입니까? 이 모든 고통과 비극이 끝나고 당신의 완벽한 공의로운 심판이 이 땅에 임할 준비가 된 것입니까?"

영수는 동굴 안 고요함 속에서 조용히 기도했다. 그의 목소리는 희미했지만, 하늘의 문에 닿을 듯한 확고한 믿음으로 가득 차 있었다.

그 순간, 지각할 수 없는 깊은 곳에서부터 우렁찬 포효가 터져 나오며 온 땅이 마치 지옥의 함성처럼 격렬하게 울부짖기 시작했다. 영수는 본능적으로 몸을 일으켜 동굴 입구 쪽으로 나갔다.

발밑의 땅이 광포한 짐승처럼 요동쳤다. 동굴 천장에서는 바위와 흙이 빗발쳐 떨어졌고, 공기 중에는 황과 자욱한 먼지가 섞인 역한 냄새가 진동했다. 산자락이 흔들리는 소리는 마치 지구 자체가 몸부림치는 듯했고, 먼 곳에서는 건물이 무너지는 굉음이 메아리쳤다.

밖의 풍경은 마치 심판의 날처럼 변해 있었다. 하늘은 유혈색으로 물들었고, 땅은 깊이 갈라져 마치 지구의 상처를 드러내는 듯했다.

하늘이 마치 검은 천막처럼 거세게 말려 올라가기 시작했고 태양은 피와 재가 뒤섞인 듯 칠흑 같은 어둠으로 변했으며 달은 굳어진 핏덩이처럼 섬뜩한 붉은색으로 물들었다. 무수한 별들이 하늘에서 폭죽처럼 쏟아져 내렸다. 이는 여섯째 봉인이 가져온 우주적 규모의 재앙이었다.

지상에서는 공포에 질린 사람들의 비명이 광기 어린 절규로 퍼져나갔다. 도시의 거리는 순식간에 아수라장으로 변했고, 무너지는 건물들 사이로 수많은 사람들이 좁은 길로 쏟아져 나왔다.

"도와줘! 누가 좀 도와줘!"

공포에 찬 외침들 사이에서, 어떤 이들은 하늘을 향해 손을 벌린 채 절규했다.

"이게 무슨 일이야? 맙소사, 우리를 구해줘!"

GUA의 통제 시스템은 순식간에 붕괴되었고, 이전의 질서는 더이상 존재하지 않았다. 사람들은 더 이상 짐승의 표를 두려워하지 않았지만, 이 재앙 앞에서는 더욱 무력해졌다. GUA의 최고 권력자들과 마르쿠스의 충실한 추종자들, 짐승의 표를 받은 모든 자들이 산과 바위를 향해 미친 듯이 외쳤다.

우리 위에 떨어져 보좌에 앉으신 이의 얼굴에서와 그 어린 양의 진노에서 우리를 가리라!(요한계시록 6:16)

그들은 단 한 순간도 하나님의 진노를 견딜 수 없었다. 영수는 이 끔찍하면서도 장엄한 광경을 바라보며 무릎을 꿇고 하나님의 위대하신 권능을 찬양했다.

여섯째 봉인의 재앙이 절정에 달했을 때, 갑자기 모든 것이 숨막힐 듯이 정지했다. 하늘에 약 30분 동안 절대적인 침묵이 내려앉았다.

이는 일곱째 봉인이 열리기 전의 순간이었다. 이 고요함은 곧 이어질 천사들의 나팔 소리와 함께 찾아올 대격변의 서곡에 불과했다. 첫째 나팔이 울리자, 우박과 불이 섞인 피가 땅의 3분의 1을 무자비하게 태워버렸다.

영수가 숨어 있던 동굴도 천지가 뒤집히는 듯한 강력한 진동 속에서 무너져 내리기 시작했다. 이제 그 육신의 생명도 끝이 다가오고 있음을 느꼈다. 그는 마지막 힘을 다해 어머니의 노트를 가슴에 꼭 끌어안았다.

"예수님, 저는 끝까지 견디었습니다. 이제 저는 두려움 없이 주님 품으로 돌아가겠습니다."

그 순간, 모든 고통이 마치 마법처럼 사라졌다. 영수는 경이로운 평화 속에서 눈을 떴다. 그는 더 이상 지하의 먼지 가득한 동굴에 있지 않았다. 그는 순식간에 변화된 새로운 몸을 입고 영광스러운 빛이 가득한 공간에 서 있었다. 그의 육신은 더 이상 낡거나 아프지 않았다. 영원한 생명력으로 가득 차 있었다.

그리고 그곳에서 천상의 영광스러운 빛을 배경으로 그가 그토록 그리워하던 사랑하는 이들이 천사들의 장엄한 합창 속에서 그를 향해 눈부시게 걸어오고 있었다.

"영수 씨! 당신이 정말로 해내셨군요! 우리는 당신이 꼭 올 것이라고 믿고 기다렸어요!"

아내 소영이 눈부시게 하얗고 순결한 옷을 입고 달려와 그의 품에 영원히 안겼다. 소영의 뒤에서는 장난기 가득하고 순수한 미소를 지은 아이들이 기쁨에 가득 차 외치고 있었다.

"아빠, 우리 아빠 왔어! 아빠, 정말 빛나고 있어요!"

영수는 영원한 기쁨의 눈물을 흘리며 아내와 아이들을 온 힘을 다해 끌어안았다. 그들의 몸은 영원한 생명의 빛으로 가득 차 있었다. 그 옆에는 어머니 이선화 여사와 장인 김길부 교수가 보석처럼 빛나는 면류관을 쓰고 영광스러운 모습으로 서 있었다.

"영수야, 네가 정말 잘 해냈구나. 우리는 너를 위해 이곳에서 기도하며 기다렸단다. 네가 겪은 모든 고난이 가장 값진 승리의 증거가 되었어."

김길부 교수가 영수의 어깨를 따뜻하게 감쌌다.

"자네의 고독하고 처절했던 증언이 이제 우리 모두의 영광이 되었네."

새 예루살렘의 영광과 완전한 자유

그들은 곧 장엄하고도 평화로운 새 하늘과 새 땅으로 인도되었다. 눈앞에 펼쳐진 새 예루살렘은 마치 하늘에서 내려온 빛나는 신부와도 같았고 그 찬란한 아름다움과 완벽함은 인간의 어떤 언어로도 도저히 형언할 수 없는 경지였다.

새 예루살렘은 성읍 전체가 정결한 광명석으로 지어져 있었고, 그 빛은 따사로운 여명 빛처럼 온 누리에 부드럽게 퍼지고 있었다. 성벽은 다양한 색채의 보석으로 화려하게 장식되어 있었는데, 벽옥과 홍보석, 녹주석과 황옥이 서로 조화를 이루며 하늘의 무지개보다 더 찬란한 빛을 발하고 있었다.

성문은 한 개의 거대한 진주로 조각되어 있었고, 그 안에서 흘러나오는 생명수의 강은 수정처럼 맑고 투명했다. 강 양쪽에는 열두 가지 과실을 맺는 생명나무가 줄지어 서 있었고, 그 잎사귀들은 마치 은은한 에메랄드 구름처럼 살짝 흔들리고 있었다.

공기 중에는 은은한 찬양의 멜로디가 맴돌았고, 땅에서는 하나님의 영광이 태양보다 더 밝게 빛나고 있었다. 이곳에는 더 이상 눈물과 고통이 없었고, 모든 것이 완전한 조화와 평화 속에 잠겨 있었다.

영수가 평생 연구하고 꿈꾸던 그 어떤 경제 체제보다도 더 완전하고 합리적인 유일한 체제는 바로 하나님의 영광으로 충만하게 유지되는 성이었다.

영수는 수정처럼 맑고 투명한 생명수의 강가에 조용히 앉아 소영과 아이들의 손을 따뜻하게 잡았다. 그는 비로소 진정한 의미의 평화와 영원한 안식을 온전히 체험했다. 지난 7년 환란 동안 그가 겪었던 모든 고통과 상실 그리고 마음속 깊이 자리 잡고 있던 죄책감까지도 이제는 단 한 점의 흠집 없이 완전히 자유를 느낄 수 있었다.

"이제야 비로소 이해가 가. 내가 홀로 남겨졌던 그 모든 시간이 궁극적으로는 이 놀라운 영광을 얻기 위해 반드시 통과해야 했던 가장 확실하고 유일한 길이었다는 것을."

영수가 깊은 감동 속에서 말을 이었다.

"그것은 결코 제 한계 된 지식으로는 풀 수 없는 하나님의 신비로운 방정식이었어."

소영은 다정하게 그의 어깨를 감싸며 따뜻한 미소를 지었다.

"그래요, 당신 말이 맞아요. 당신은 이 땅에 남아 우리 모두의 믿음을 지키고 증언하는 마지막 증인이 되어 주셨죠. 만약 당신이 없었다면, 우리의 이 이야기는 결코 완성될 수 없었을 거예요."

이제 그들은 영원한 안식과 평화 속에서 하나님과 함께 왕 노릇할 것이다. 강영수의 삶은 '비참하게 남겨진 자의 비극'에서 '믿음으로 끝까지 견딘 자의 영광'으로 완전히 변모하였다. 그의 이야기는 앞으로 모든 세대에 걸쳐 세상의 끝이 결코 영원한 종착역이 아니라 더 크고 영원한 시작임을 증언하는 가장 살아있는 복음이 될 것이다.

그곳에서는 모든 아픔이 사라졌다. 육체의 고통, 마음의 상처, 영혼의 슬픔까지 모두 치유된 완전한 상태였다.

슬픔이라는 감정 자체가 더 이상 존재하지 않았다. 이별의 아쉬움, 후회, 미련 같은 것들은 모두 과거의 이야기가 되었다.

눈물은 더 이상 흐르지 않았다. 고통의 눈물도, 기쁨의 눈물도 필요 없는, 완전한 평안과 충만함이 있는 곳이었다.

그들은 마침내 고통과 죽음의 사슬에서 완전히 해방되어, 서로를 온전히 알아보고 사랑하며, 예수님과 더불어 영원히 함께하는 삶을 누리게 되었다. 이것은 꿈도, 희망도 아닌, 모든 것이 새롭게 된 참된 현실이었다. 이곳에서는 시간의 제약도 공간의 한계도 존재하지 않았다. 오직 완전한 자유와 기쁨 그리고 하나님과의 완벽한 교제만이 영원히 지속될 뿐이었다.

영수는 마침내 자신의 인생 퍼즐의 모든 조각이 하나님의 손길 속에서 완벽하게 맞춰진 것을 보았다. 그의 모든 고난과 시련, 기쁨과 슬픔은 모두 이 영광의 순간을 위한 준비 과정이었음을 깨달았다. 이제 그는 참된 자유와 평안 안에서 영원히 거할 수 있게 되었다.

에필로그

영원한 아침의 빛이 새 예루살렘의 거리들을 은혜로 채우고 있었다. 영수는 순결한 흰 옷을 입고 생명수의 강가에 서서 그 맑은 물결을 바라보고 있었다. 그의 몸은 더 이상 지상에서 겪었던 고통의 기억을 지니고 있지 않았지만, 그가 걸어온 여정의 의미는 영원히 그의 존재 깊숙이 새겨져 있었다.

영원의 시간이 흘러갔지만, 그들은 매 순간이 처음처럼 새로웠다. 영수는 가끔 '기억의 전당'을 찾아가 지상에서 여정을 되새겼다. 그곳에는 휴거의 순간, 환란시대의 고통, 짐승의 표를 거부한 자들의 순교, 그리고 마지막까지 주님을 신뢰한 이들의 승리가 생생하게 보존되어 있었다.

어느 날, 영수는 모든 성도가 모인 자리에서 증언했다.
"우리가 지상에서 겪은 7년 환란은 이 영원한 영광을 위한 단순한 순간에 불과했습니다. 그러나 그 순간의 선택이 우리를 이곳으로 인도했지요."

예수님께서 친히 그들 가운데 서서 말씀하셨다.

"잘 했도다, 착하고 충성된 종들아. 너희가 작은 일에 충성하였으니 이제 많은 것을 맡기리라. 네 주인의 기쁨에 참여할지어다."

그 순간, 온 성안에 찬송이 가득 찼다. 지상에서의 모든 눈물과 고통은 이 영광 앞에서 더 이상 의미를 잃었고, 그들은 영원히 주님과 함께 다스리는 통치자들이 되었다.

영수는 소영과 아이들의 손을 잡고 생명나무 아래를 거닐었다. 그들은 더 이상 주님의 임재보다 소중한 것은 아무것도 없는 완전한 자유와 기쁨의 삶을 살아가고 있었다. 지상의 모든 이야기는 이제 영원한 찬송의 한 소절이 되어, 하나님의 무한한 사랑과 은혜를 영원히 증언하고 있었다.

그리고 새 예루살렘에서는 더 이상 밤이 찾아오지 않았다. 주님이 그들을 비추시니 그들이 영원히 영광 가운데 거하는 새 아침이었다.

〈남겨진 자의 증언, 끝〉

남겨진 자의 증언

초판 발행 2025년 12월 4일

지은이 김중규
펴낸이 방성열
펴낸곳 다산글방

출판등록 제313-2003-00328호
주소 서울특별시 마포구 동교로 36
전화 02-338-3630
팩스 02-338-3690
이메일 dasanpublish@daum.net
　　　　iebookblog@naver.com
홈페이지 www.iebook.co.kr

© 김중규 2025, Printed in Korea

ISBN 979-11-6078-382-7 03810